Laura Spinello

Rosso di Sera

2

In Omaggio all'Opera Demo-etno-antropologica di
Alberto Mario Cirese

"La mia idea è che segnicità e fabrilità sono compresenti
e immediatamente congiunte in tutto intero l'operato
dell'uomo."

Alberto Mario Cirese "Antropologia delle differenze,
Antropologia delle invarianze" (1995)

Sommario

Un Mondo Perfetto

C'è da dire una cosa, che in quel periodo mi era venuto un grande desiderio di materialità.
Di vedere e di toccare, di sentire e di stringere tra le mani le cose.
Semplicemente, le cose.

Forse perché passavo molte ore al giorno, soprattutto la sera, seduta al mio scrittoio davanti al computer acceso, al mio Pc, per continuare coriacemente a scrivere in barba a tutto e a tutti.

Per continuare imperterrita ad elaborare pensieri e parole come una guerriera della Mitopoiesis, come volevo e come dovevo fare e come avevo deciso di fare, un giorno luminoso di molto tempo prima.
Mi ero prefissata, infatti, l'obiettivo di arrivare a concludere e quindi ad editare, cioè a mettere in commercio quanto prima possibile, molte opere, delle quali la maggioranza sarebbero stati dei romanzi.
Ragione per la quale mi ero conformata "anima e core", con molto slancio, per davvero, ad una dimensione soprattutto virtuale della mia quotidianità.

A quella dimensione che, debbo ammetterlo nonostante tutto, mi risulta nei fatti alquanto congeniale.

Perché si tratta di una dimensione nella quale mi sento perfettamente a mio agio tanto nello spirito che nei fatti, nei modi e nelle forme.

Una dimensione nella quale mi ritrovo e nella quale mi sento "bene", esattamente come un pesce nell'acqua.

Eppure, o forse proprio per questa ragione, quando non ero davanti al computer e al word pad, al programma di scrittura (nello specifico), mi crogiolavo in giro per casa accarezzando gli oggetti come una bambina, come se avessi bisogno di riscoprire di nuovo questa dimensione dell'Esistente sulla quale, nonostante quello che pensiamo oggi, si cimenta e si nutre ab Initio la nostra vita, giusto appunto a partire dal giorno stesso della nostra nascita.

Perciò, i miei momenti di relax estrapolati Cum Grano Salis sia dalla mia compulsiva attività di scrittrice che di quella di agente di viaggi, erano in gran parte dedicati a soddisfare questo mio slancio apparentemente immotivato ma rinnovato e persistente, verso la dimensione "somatica" della mia vita.

Verso la dimensione del concreto-materiale, quella che concerne l'aspetto fisico e tangibile del mondo.

Il Tà Fisicà, insomma, Aristotelicamente inteso.

Quella dimensione del mondo che "tra irri e orri", come si dice popolarmente, avevo negli ultimi due anni messo gentilmente da parte e in larga misura tralasciata e trascurata.

Forse che in questo mio tentativo di recupero della dimensione materiale -fisica e somatica- della mia vita e del mondo, per me, influivano un certo numero di ragioni che mi apparivano evidentemente oggettive e inoppugnabili quanto sufficientemente suffragate da parte mia.

Perché avevo cominciato da qualche tempo a diffidare della "virtualità" e del suo peculiare mondo, ovvero del suo peculiare universo simbolico.
Perciò avevo preso le distanze da quel sogno infranto di un mondo nuovo e novello, di un mondo puro ed esemplare da paradiso terrestre e da primo giorno della creazione, in cui non soltanto avrebbero trovato rifugio i miei Desiderata personali e sociali, ma anche quelli legati alla mia supposta "dimensione libertaria" dell'esistenza.
Legati alla mia infrangibile idealità libertaria e al mio inconscio, al mio Freudiano Es.

Data, dunque, la natura intrinseca della virtualità e del suo universo proprio che, come tale e in quanto tale, si pone ontologicamente e concettualmente se non in contrasto almeno a distanza rispetto al mondo fisico nel suo complesso e alle sue leggi che sono oggettivamente vincolanti.

Si tratta di quel mondo virtuale che si pone, perciò, in una condizione distinta -anche socialmente- rispetto alla Realtà tout-court, quella che caratterizza, che conforma e che informa, la società -e le società- storicamente date. Quelle società nelle quali viviamo ed operiamo, e nelle quali trascorriamo la totalità della nostra mondana esistenza.

Insomma si trattava, nel caso del mondo virtuale, di un sogno ad occhi aperti per me, molto semplicemente.

Un sogno nel quale, da un lato, c'era e continuava ad esserci il mondo fisico reale, per quanto restrittivo e costrittivo.
Mentre, dall'altro lato, albeggiava l'Incipit di un Mondo Nuovo che mi appariva come ideale, intangibile, chiaramente non fisico e perciò sganciato dalla congerie di costrizioni e di restrizioni di sorta.
Dunque libero, sia di nome che di fatto.

E tutto questo evidentemente aveva un senso, fino a prova contraria.

Ma proprio da tale filosofica concezione -perché di questo si tratta- dell'esistenza storicamente data di due mondi paralleli ma coesistenti e compresenti nel nostro mondano orizzonte, cominciavo in quei giorni a fare una graduale marcia indietro, in qualche modo forse inconsapevolmente ed inconsciamente.

Il Mondo virtuale inteso come assetto Meta-fisico

Sembra difficile pensare che l'ambito della virtualità, della -digitalità- inteso come Universo, come mezzo e insieme come fine, sia da considerarsi al pari di una tappa, come le precedenti, nel lungo cammino della Storia umana.

Perché qui, in questo caso, si esce e si esorbita letteralmente da un Continuum fisico di qualche tipo, dandosi invece un "salto evolutivo".

Se così mi è consentito dire.

A causa dell'immaterialità di tale conquista specifica e anzi, della sua pressoché totale, almeno apparente, immaterialità.

Qualcuno dirà allora che anche la scoperta prometeica del fuoco e a seguire quella del ferro che segna l'inizio del periodo Neolitico, e poi quella dell'agricoltura, rappresentano le tappe successive e fondamentali del percorso umano dell'Homo Sapiens, per l'esattezza. Tappe foriere -tutte- di conquiste successive clamorose se non addirittura rivoluzionarie, perché portatrici a loro volta di assetti sociali e politici -e politico-religiosifondamentali per le società umane e storiche nel loro complesso.

Tutto questo è vero, certo, ma qui in questo caso specifico, e lo voglio ripetere di nuovo, si da un balzo in avanti.
Qui ha luogo un vero e proprio salto, data suppostamente la natura immateriale della conquista specifica in oggetto, di cui in questa sede parliamo.

Nonché della fruizione popolare pressoché universale di tale assetto virtuale del mondo, che è parallelo a quello che ci è ben noto e che è usuale da sempre.
Intendo riferirmi, nel secondo caso, all'assetto sostanzialmente materiale, quello legato alla quotidianità, da sempre fruita da parte dell'uomo nella Storia.
Ovvero, il suo fardello storico vero e proprio, naturalmente inevitabile ed insostituibile, in quanto reale.

La virtualità nel suo Modus specifico spalanca dunque orizzonti di libertà.
Libertà non necessariamente Reale bensì verosimilmente pensata e supposta.
Perché tale libertà è insita proprio nella natura immateriale del mezzo, del Medium, di cui la virtualità fruisce e nella quale si costituisce.
Virtualità che usa e governa tale libertà nel suo linguaggio specifico, orientandola ai propri fini.
Fini propriamente virtuali, in quanto non fisici bensì ipotetici e immaginari, che non rientrano (se non

marginalmente) nel quotidiano fattuale, come è facile capire.

Tuttavia è bene sottolineare che un ambito di eventi non sottoposti alla leggi della materialità e della fisicità, non sottoposti alla somaticità del Reale, è un ambito che è giusto e corretto definire come "metafisico", perché proprio di questo si tratta.
E' un ambito metafisico a tutti gli effetti questo, difatti.

Perché esprime la quintessenza di tutto quanto supera le leggi dei corpi fisici e dunque anche le regole restrittive che dominano l'ambito del De Rerum Natura, Lucrezianamente inteso.

Questa sembra essere persino l'origine, cosa che non mi meraviglia affatto, di quel senso improprio ed ingannevole quanto si vuole, ma che pure domina il cuore e la mente di colui e di colei e di coloro che si muovono sulle metafisiche ali di questo ecumenico sogno digitale.

Sogno di un idealizzato Super-potere individuale che dovrebbe accompagnare e soprattutto favorire i nostri aneliti irrealizzabili di pura e semplice Libertà.

Scanditi, questi sì, nel mondo reale fisico-fenomenico e chiaramente storico.

Uguaglianza e Parità Virtuale

Una cosa mi sembra rilevante da notare.

Cioè che nel mondo virtuale, che è il mondo del Web e di Internet nei suoi vari canali e pagine, esiste una contraddizione logica -e forse anche storica- evidente.

Perché nel mondo virtuale, giusto supposto come mondo "libero" per definizione e inteso come assetto non-fisico (io lo definisco come meta-fisico), ha luogo una condizione aprioristica di piena uguaglianza e di piena parità sociale tra tutti coloro che in esso agiscono ed interagiscono.
Tra tutte le persone che ne fruiscono e che chiamiamo solitamente "naviganti", nel senso che navigano in questo maremagnum virtuale del Web.

E' evidente, in tale aspetto, la condizione di uguaglianza e di parità che è pre-supposta per principio tra coloro che fruiscono del mezzo telematico nella veste di utenti attivi del sistema.
Ovvero, tra coloro che navigano nel Web per ragioni che sono le più diverse e molteplici.
Ragioni che, tuttavia, non sempre sono puramente velleitarie.

Infatti, bisogna constatare che all'interno dell'assetto virtuale vige il principio ultra-democratico nel quale "uno vale uno" strettamente inteso e letteralmente.

Come succede nella prassi democratica del voto elettorale, coerentemente a come gli Stati contemporanei evidenziano e palesano nelle loro rispettive novecentesche Costituzioni.

Quasi tutte, almeno quelle nominalmente democratiche ispirate al diritto naturale e gius-naturale.

Che è propriamente quella forma di diritto statuito su base naturale e perciò universale, che informa gli assetti socio-politici della maggior parte degli Stati laici contemporanei.

Dunque nel Web cioè nel mondo virtuale, scompaiono all'improvviso come per miracolo tutte le distinzioni nonché tutte le discriminazioni interpersonali fondate sul genere, sulla razza, e sullo Status socio-economico e culturale della persona.

In questo ambito, infatti, siamo tutti aprioristicamente uguali.

Non tutti simili, ma proprio tutti "uguali".

Dal momento che partiamo tutti indistintamente da una stessa generale condizione che è, niente di meno e niente di più, che quella relativa alla nostra stessa condizione naturale fondamentale.

Cioè, quella relativa alla nostra condizione basilare e primordiale di Esseri Umani.

Non importa, secondo quest'ottica, quale sia e quale possa essere la nostra individuale provenienza, la nostra condizione sociale ed economica, la nostra civiltà d'origine nonché la nostra cultura di riferimento, e il nostro stesso Status.

Perché in questo ambito virtuale ed inter-nautico ci muoviamo, agiamo, pensiamo, scriviamo e "postiamo", come persone che hanno in comune un unico dato fondamentale, quello cioè di integrare l'Umanità in quanto suoi membri.

Siamo, in questo contesto, semplicemente degli Esseri Umani, la cui unica differenza tra noi consiste nei nostri individuali quanto specifici e peculiari gusti, interessi, orientamenti e tendenze, intesi tutti chiaramente e soltanto in senso lato.

La nostra stessa vita individuale è intesa ed è sottintesa dal sistema -anch'essa- in senso prettamente naturale e, se vogliamo nonostante tutto, in modo marcatamente rutinario.

La parità e l'uguaglianza di diritto e di diritti tra gli individui, circostanza che nella realtà fattuale è smentita dalla Storia, soggiace in questo contesto, invece, al principio tassativamente paritetico -dell'Uno che vale Uno- e si esprime come dato di base unico ed assoluto, in tale assetto virtuale.

Si tratta di un dato di fatto che è funzionale al sistema nel suo complesso e che si configura certamente come una pre-condizione del sistema stesso.

Il quale sistema virtuale si fondamenta nell'alveo di una realtà umana "minimale" che peraltro non viene lontanamente scalfita e neppure lontanamente messa in discussione, neanche nella vetrina dei fatti privati legati alla quotidianità, che i Social Media si peritano di evidenziare con chiara non chalance.

Mercé la costante sovra-esposizione, quasi paradossale, di un privato ridicolmente ostentato nella impudica sequenza di eventi individuali che pure, comunque, rappresentano un elemento-cardine in questo genere di Network sociale.

Eppure, il contrasto ideale esistente tra un mondo puramente virtuale e la premessa sociale che lo conforma, che lo regge e che lo puntella almeno nei Social Network, rappresenta a mio avviso, come dicevo, una voluta contraddizione insieme logica e ontologica.

Visto che un assetto tanto evoluto e sostanzialmente immateriale, in quanto di natura virtuale, non dovrebbe per caso albergare in Suo Esse una concezione diversa e di gran lunga più complessa e dunque assai meno minimale della persona umana, dell'individuo?

Ma forse, il concetto arcaico e primitivo della persona umana ben si lega con il mondo virtuale e con la tecnologia, e questo dato è proprio l'elemento che ci dovrebbe far pensare e che dovrebbe indurci a ragionarvi sopra a lungo, per trarre le nostre proprie conclusioni.

Che genere di mondo prefigura e configura la tecnologia, la virtualità, il modello informatico?

Forse un mondo in cui la persona, in cui l'essere umano, viene gradualmente privato e spogliato, viene de-privato di tutti quegli attributi che attengono alla sua storia e alla Storia tout-court?

Magari aprendo così la strada ad un ritorno al Paleolitico e ai primordi dell'umanità?

Ai primordi dell'Homo Sapiens …?

Oppure, no?

Una Donna che esprime dubbi

Sono diventata scrittrice con il tempo e non dal giorno alla notte, visto che questa professione -perché tale è- l'ho maturata gradualmente nel mio cuore e nella mia anima, nella mia psiche, in seguito al tumultuoso quanto affannoso percorso della mia vita.

Perché non ci si improvvisa scrittori e scrittrici, questo no di certo, come non ci si improvvisa sacerdoti o sciamani.
Perché in tale caso si tratta di mansioni simili, nonostante le apparenze e nonostante tutto, e poi ve ne spiegherò correttamente la ragione.

Allora io, Bianca, avevo iniziato questo percorso qualche anno fa, un giorno certamente luminoso e proficuamente fausto per me, nel quale per un motivo che in realtà ignoro, avevo chiamato a raccolta la diamantina congerie delle mie forze mentali e vitali necessarie e sufficienti per poter intraprendere questa impresa, che è un'impresa psichica e spirituale, soprattutto.
Perché di impresa si tratta, volente o nolente, che piaccia o meno.

Sapevo bene, del resto, che all'inizio non avrei potuto sopravvivere materialmente e sostentarmi soltanto con il frutto di questo lavoro.
E non si creda il contrario, per favore ...

Tuttavia in quel periodo avevo trovato fortunatamente un lavoro part-time come si dice, presso un'agenzia di viaggi avviata, la cui titolare era fortunatamente un'amica di lunga data.

Perché io e Rita avevamo fatto le scuole medie e il liceo classico insieme, restando sempre molto vicine e profondamente affiatate, come di rado succede tra le donne.
E proprio a lei avevo domandato un bel giorno con una pura e semplice faccia tosta, che è poi la verità, se mi avrebbe -per caso- consentito di lavorare presso la sua agenzia di viaggi, nella quale avrei potuto sfruttare a ragion veduta la mia buona conoscenza di un certo numero di lingue straniere, l'inglese, lo spagnolo, e il portoghese.

Per tutta risposta, Rita da grande amica che è, un'amica vera e storica, mi aveva letteralmente spalancato le porte della sua azienda a conduzione familiare, cioè della sua agenzia turistica.
Così, mi ero sentita più tranquilla, visto che avevo le spalle coperte da questo impiego continuativo e non saltuario che era peraltro esclusivamente limitato alle ore della mattina, dalle nove alle tre del pomeriggio, e dunque mi ero sentita parzialmente affrancata dalla preoccupazione di dover sbarcare il lunario per poter sopravvivere.

Dato oltretutto il fatto che il mio compagno di allora, l'uomo con il quale avevo vissuto per tre anni, mi aveva pochi mesi prima lasciata ed era andato a vivere altrove, in un'altra città.

Perciò all'età di trentacinque anni suonati, da poco compiuti (ma che strana età è mai questa? Mi domando) mi ero ritrovata a vivere da sola come un cane, sufficientemente confusa e infelice tanto da sbandare di qua e di là come un'ubriaca persa in una notte di novilunio, prima che sorgesse in me la luminosa idea di andare nell'agenzia di Rita e di proporgli la mia collaborazione.
Perché delle volte succede anche un miracolo …
E questo va detto, per pura onestà.

Il miracolo che è pur sempre possibile e al quale io fermamente credo, sovente è assai più vicino a noi di quello che noi stessi avremmo mai immaginato, anche nei nostri sogni più rosei.
Magari, proprio nel momento più triste e più buio, più confuso della nostra vita, nel momento in cui tocchiamo il fondo del barile e disperatamente lo raschiamo, lo grattiamo, ecco che si accende una luce provvidenziale che ci indica il treno sul quale dobbiamo necessariamente salire in quel preciso frangente.
Hinc et Nunc.
E vi saliamo di volata su quel treno in corsa che passa nella notte a fari spenti, forse proprio per noi.
Ci afferriamo allo sportello e ci infiliamo nel suo corridoio buio, senza l'ombra di un dubbio, che sia uno, uno solo …

Visto che un altro treno forse non passerà più per noi e
che questa sarà stata l'unica e l'ultima opportunità della
nostra vita.
L'ultima chance per salvarci.
Alleluja!

"Cogliamo le opportunità", mi dico reiteratamente.

Visto che, presumibilmente, armati soltanto del nostro
peculiare talento, ma senza la spinta del Caso e della
Sorte, la famosa Dea bendata da sempre raffigurata così,
oppure senza l'aiuto celeste della Divina Provvidenza
(che esiste), realmente non andiamo da nessuna parte e
forse neppure ne usciamo vivi, dalla vita ...

E questo discorso vale e ha senso al netto delle nostre
capacità e della nostra specifica preparazione, al netto
della nostra peculiare Humanitas, come avrebbe detto il
commediografo latino Terenzio, cioè Publius Terentius
Afer (184-159 a.C).
Al netto dei nostri personali meriti e demeriti, la cui
rilevanza fondamentale per il bene o per il male della
nostra stessa vita, non intendo qui in alcun modo negare
e neppure mettere in discussione.

Quell'idea luminosa, però, l'avevo colta al volo
esattamente come se fosse stata, appunto, l'ultimo treno
della mia vita, la cui sagoma oscura in galleria nella
notte avevo avvistato da lontano.
Ferma in piedi sulla pensilina come una statua di sale,
assai prima di farmi delle domande e di pormi dei dubbi.

Proprio io che pratico reiteratamente il Cartesiano "dubbio sistematico".

Possibile?

Un'attitudine mentale, questa mia, che debbo necessariamente aver assorbito come una carta assorbente della migliore qualità e respirato a pieni polmoni, nonché profondamente metabolizzato come si dice, nel corso dei miei studi filosofici e Demo-etno-antropologici.

Come perfettamente li definiva il mio professore universitario, l'illustre Alberto Mario Cirese, titolare della Cattedra di Antropologia Culturale presso l'Università La Sapienza di Roma.

Un Universo Illimitato di Beni

Il mondo virtuale per le sue stesse caratteristiche e cioè per il fatto di essere sostanzialmente un mondo non Fisico e se vogliamo Meta-fisico, rappresenta un assetto che esprime un universo caratterizzato da una sorta di parità nominale tra coloro che lo integrano e che ne fruiscono, tra gli internauti.
Perciò tra tutti coloro che lo abitano e che lo vivono, per ragioni diverse e molteplici.

Per questo motivo, l'ambito virtuale rappresenta un assetto di cose sganciato dalle leggi -cioè dalle regolarità- restrittive che dominano il mondo fisico, il "Tà Fisicà", nonché il mondo storico.
E dunque dominano tanto il mondo naturale che quello storico e sociale, inteso quest'ultimo in tutti i suoi molteplici comparti e addentellati.
Il mondo virtuale è infatti un ambito che si configura peculiarmente come una sorta di Universo Illimitato di beni, nel quale -letteralmente- chiunque può avere tutto, ogni cosa in "quantità infinite" senza che ciò infici e pregiudichi la condizione di tutti gli altri.

Questo è possibile e ha luogo proprio in ragione del fatto che -qui- si tratta di un universo virtuale e non

fisico e che come tale è sganciato (in toto) dalla materialità dell'Esistente Reale, del "To On" in senso proprio.
Ovvero, sganciato dal "To On", tanto naturale che storico-sociale.

Pertanto, nell'assetto virtuale tutto può darsi e tutto è per principio e a priori possibile.
Tutto è sempre possibile, aprioristicamente.

Ragione per la quale la virtualità intesa come "polo esistenziale", perché tali sono i Social Media, (la puntualizzazione è mia), rappresenta la concretizzazione di un sogno, di un umanissimo e antico sogno che è insieme un sogno di abbondanza infinita e di pace perpetua, Kantianamente intesa.

Dal momento che le ragioni fondamentali dei conflitti interpersonali storicamente dati -e dunque dei conflitti sociali tout-court- nascono proprio a partire dalla ristrettezza legata alla disponibilità generale dei beni, dei beni materiali acquisibili da parte di ciascuno.
Visto che nella Realtà di ogni società storica i beni materiali sono in numero finito e che sono perciò limitati per tutti e per ciascuno.
Fatto, questo, che costituisce indubbiamente l'Incipit di tutti i conflitti interpersonali e sociali che hanno a fondamento proprio questa dimensione strutturale del Reale, Marxianamente intesa, come si diceva in precedenza.

Proprio l'aspetto socio-economico è determinante come causa di conflitto interpersonale.

Quell'aspetto strutturale e trasversalmente cruciale in tutte le società, di fronte al quale (e in relazione al quale) le società storicamente date hanno tentato di contrapporre i propri sistemi ideali e le proprie convenzioni istituzionali con la finalità palesemente espressa di arginare la conflittualità endogena del sistema e di ordinare e di ri-orientare in tal modo i parametri della serena convivenza umana.

Perciò tutte le società esistite e esistenti hanno tentato di arginare e di razionalizzare le espressioni di conflittualità presenti nel proprio ambito e lo hanno fatto attraverso l'apparato delle consuetudini tradizionali.
In primo luogo attraverso le leggi, nonché mercé gli altri strumenti ideali, etico-morali, esistenti nel proprio contesto e tali da regolare questa materia basilare del vivere comune, che risulta evidentemente un aspetto "sensibile" sul quale, nei fatti, si gioca la sopravvivenza anche fisica della comunità stessa.
Si tratta, in tale caso, dell'ambito inerente specificatamente alla gestione, all'acquisizione, alla re-distribuzione sociale dei beni presenti in quel determinato contesto socio-economico, storicamente dato.

E' chiaro che una volta scomparsa e annullata la discriminante generale tra gli individui, in quanto non più considerati e valutati individualmente in base al genere, alla razza, alla civiltà/cultura di provenienza e di appartenenza, e al censo, e una volta sancita una generale condizione di abbondanza configurata da un "Universo Illimitato di beni" per tutti e per ciascuno, è evidente il fatto che vengono in tal modo a cadere tutte

le "ragioni del contendere" e dunque l'origine e la Ratio propria della stragrande maggioranza di tutti i conflitti interpersonali e sociali esistenti da sempre in seno alle rispettive società.
Quelli che hanno dominato -e che continuano a dominare, probabilmente aggravati- le società storiche reali.

Si tratta, per il mondo virtuale, del proporsi e del riproporsi di un quadro ideale e idealizzato di Universo alternativo a tutti gli effetti, rispetto al mondo vero e reale, alla Realtà.
Rispetto al mondo storicamente dato, nel quale le condizioni "concrete" di vita e dunque le premesse ambientali, economiche, e sociali, sono affatto diverse e distinte.
In quanto evidentemente conflittuali e conflittive per intrinseche ragioni di ordine sia storico che naturale-ambientale.

In questo senso, il mondo virtuale possiede realmente una natura Meta-fisica e rappresenta propriamente un "ideale e un sogno" che ci riporta ad una previa Età dell'Oro dell'abbondanza e della pace universale, inevitabilmente trascorsa e lasciata per sempre alle spalle dal Homo Sapiens e Faber e che soltanto il Mito e la Ritualità possono rinnovare e ri-attualizzare.

Quell'idea che, Ipso Facto, ci riporta ad una condizione primigenia dell'uomo -da paradiso terrestre-, prima del fratricidio di Caino nei confronti di Abele, prima della comparsa del serpente tentatore e del furto del frutto proibito.

Prima della mela di Eva, insomma.

In questo senso a mio avviso, si spiega parte del successo mietuto planetariamente dal mondo virtuale, almeno per quanto riguarda i Social Media.

Per il resto, le caratteristiche della semplificazione, della precisione e della velocità, spiegano ampiamente il successo epocale mietuto ovunque da questo moderno assetto telematico-virtuale.

Che rappresenta al contempo uno strumento e un mezzo ma anche, per tutto quanto si è detto e considerato fin qui, un fine in sé e per sé.

Un Universo Limitato di Beni

Eppure la Realtà, c'è da dire, è molto diversa rispetto all'idea di un Universo illimitato di beni e, per varie ragioni che sono di natura tanto ambientale che storica, la realtà si configura nei fatti come il suo esatto opposto.

Ovvero, la realtà fattuale si configura e si palesa sempre come un "Universo limitato di beni" nel quale concretamente non ce ne è a sufficienza per tutti e dove l'individuo deve aspettarsi per sé e per i propri familiari la possibilità che l'acquisizione di beni, anche quelli essenziali, sia da parte sua soggetta a difficoltà e a restrizioni, a inevitabili ristrettezze di sorta.
A cominciare proprio dai beni alimentari, quelli legati alla sopravvivenza fisica individuale e a quella della comunità a cui egli stesso appartiene, e perciò giusto a cominciare dagli alimenti, dal cibo.
Dal cibo e dall'acqua, aggiungiamo.

E questo fatto lo vediamo chiaramente presente anche nell'attualità, soprattutto in seno alle società cosiddette tradizionali, quelle società non industriali ma ancora contadine e/o pastorali.
In particolare, lo vediamo espresso in quelle società demograficamente circoscritte, presenti in lungo e in

largo nel mondo, dall'Africa all'Asia fino all'America Latina.

Questo assetto di cose, ovvero quello relativo ad una realtà storica e sociale caratterizzata da un Universo "limitato" di beni, connota passo dopo passo anche tutte le società antiche, letteralmente dalla prima all'ultima, caratterizzandone la segmentazione sociale e socio-economica nonché la gestione stessa del potere, presente in seno a quelle civiltà storicamente passate e trascorse.

In quest'ambito, cioè all'interno di queste società nelle quali effettivamente è data per acquisita e per introiettata l'idea di una disponibilità limitata e circoscritta di beni a partire da quelli essenziali che sono considerati oggettivamente come beni di prima necessità, cibo e acqua dunque, proprio in questi contesti è sentito e concepito in modo assolutamente negativo l'accumulo "esorbitante" della ricchezza da parte di qualcuno.

Perché in una società segnata da un Universo limitato di beni, il fatto stesso che qualcuno possieda più degli altri significa idealmente che costui ha in qualche modo sottratto agli altri quel di più, quel Quid di beni in eccesso di cui egli dispone rispetto agli altri, rispetto quindi ai suoi vicini, ai suoi concittadini, e ai suoi compaesani.
E questa è la ragione dell'idealizzazione della parità e dell'uguaglianza socio-economica, che è anche parità di Status, e che continua ad essere vigente in molte società tradizionali ancora esistenti.

Si tratta di una parità socio-economica e di Status concepita come ideale sociale prioritario e non negoziabile.

Un valore sentito profondamente che caratterizza molte società tradizionali, demograficamente circoscritte, esistenti trasversalmente nel mondo e nella Storia.

L'uguaglianza e la parità di condizioni socio-economiche concepite aprioristicamente come valore etico-morale tra i membri di una società tradizionale è un assunto talmente radicato nel cuore di ciascun individuo, tanto da costituire di per sé un Desiderata.

Perché questo è un caposaldo etico-morale fondamentale, è una sorta di pilastro istituzionale tacitamente accolto e fatto proprio da parte di tutti i membri maturi e sensati di una collettività tradizionale.

Nei luoghi e nei tempi storici, le società antiche e quelle tradizionali si rapportavano (e si rapportano) all'ambiente, all'Habitat naturale, pensato e inteso come un sistema sostanzialmente chiuso, circoscritto, e finito di risorse, tale per cui per una serie di ragioni fisiche fattuali e incontrovertibili, esso non può garantire né rendere possibile una produzione illimitata di beni nonché la conseguente altrettanto illimitata fruizione dei medesimi da parte di tutti e di ognuno.

Perché su tale principio, che è un dato di fatto di natura fisico-ambientale incontrovertibile, si sono fondate tutte le società antiche conosciute e proprio su di esso si fondano nell'attualità quasi tutte le società tradizionali esistenti trasversalmente nel mondo.

In realtà, l'approccio corretto e sensato e dunque etico, dovrebbe poter contemplare proprio questa presa di coscienza e di posizione, tanto individuale che collettiva, in cui risulta implicita e indiscutibile l'idea che il nostro sia un universo globale caratterizzato -a partire proprio dalle sue premesse fisiche e ambientali- come un Universo limitato di beni.

Una concezione, questa, che dovrebbe avere come suo corollario etico proprio l'idea di una tendenziale parità ed uguaglianza di condizioni e di assetti inter-individuali in seno al contesto sociale dato, quale che esso sia.

Il Gioco di Ozieri

Scriveva Albero Mario Cirese nella sua opera intitolata "Dal Gioco di Ozieri al Numerus Clausus dei Beati danteschi. Tentativo di tipologia ideologica" (1998) a proposito del Gioco di Ozieri:

"Ho studiato un gioco sardo che è un gioco collettivo di sorte, dalle radici antiche.
Nel giorno del primo maggio ad Ozieri i giovani si riunivano, ponevano dei pegni dentro un cestino che poi venivano estratti da un bambino bendato: un anellino, una spilla, un fazzoletto, una moneta.
Contemporaneamente ad ogni estrazione, una donna cantava strofette di buono e di cattivo auspicio, le "Torradas bonas e malas".
Alla fine del gioco la metà dei giocatori era lieta, avendo ottenuto un responso di buon augurio, mentre l'altra metà, come documentò Alberto La Marmora ai primi dell'Ottocento, se ne tornava a casa triste.
Questo è un oggetto etnografico che può essere studiato in vari modi."

Alberto Mario Cirese continuava così:

"Ci si può chiedere, ad esempio, come mai si trovi nel cuore della Sardegna un gioco che non ha analoghi né nell'isola né nel resto d'Italia.
Sfogliando i dodici volumi del "Ramo d'Oro" di J.G. Frazer ricercai, senza trovarlo, l'elemento che caratterizza il Gioco di Ozieri, e cioè che l'essere fortunati condanna qualcun altro ad essere sfortunato: dieci palline bianche e dieci palline nere, ognuno che tira fuori una pallina bianca costringe un altro alla pallina nera".

Questo era il Gioco di Ozieri e in questo consisteva.

Tuttavia, il Gioco in quanto oggetto etnografico di studio poteva essere analizzato in vari modi, dando ad esso uno specifico taglio Demo-etno-antropologico, in relazione all'ottica dalla quale l'antropologo culturale intendeva partire per analizzare il suo oggetto.
A tale proposito, Alberto Mario Cirese veniva enumerando passo dopo passo le differenti angolature mercé le quali questo medesimo Oggetto etnografico poteva essere analizzato e studiato e dunque compreso.
Innanzitutto, partendo da una analisi diacronica.

In tal caso l'antropologo legittimamente si domanderà in quale luogo il gioco sia sorto, visto che un Concilio di Costantinopoli del VI secolo condannava come superstiziosa e pagana un'usanza analoga a quella di Ozieri.

Scriveva, dunque, Alberto Mario Cirese:

"Facendo un'analisi diacronica mi domanderò: un uso attestato a Costantinopoli nel VI secolo e ad Ozieri nel XIX, dove mai sarà nato?".

La risposta evoluzionistica mi dirà che l'usanza è nata indipendentemente nei due luoghi di cui abbiamo notizia, in quanto esprime un identico stadio evolutivo, mentre la risposta diffusionista si orienterà, invece, sulla considerazione che l'usanza potrebbe essere nata a Costantinopoli e poi arrivata in Sardegna.
O viceversa, che potrebbe essere nata in Sardegna e da qui arrivata a Costantinopoli.
Oppure che potrebbe essere sorta in un terzo luogo per giungere poi sia a Costantinopoli che ad Ozieri.

"Tutte queste ricerche", scriveva Alberto Mario Cirese, "possono essere -e lo sono- interessanti, ma non mi dicono altro sul gioco.
Posso, diversamente, condurre un'analisi di tipo funzionalista e chiedermi come il gioco in esame si combini con il resto delle pratiche culturali presenti ad Ozieri, con i tipi di comparatico ad esempio. Questa analisi funzionalista non mi dirà nulla sulla vicenda storica, così come le analisi diacroniche non mi dicevano nulla sulla funzione."

Perché ciascuna delle due impostazioni metodologiche, dice l'Antropologo, tanto quella diacronica-diffusionista che quella strutturale-funzionalista vede e recepisce aspetti del fenomeno-oggetto etnografico che l'altra non è in grado di cogliere per limiti metodologici d'impostazione suoi propri.

"Quella che condussi sul gioco di Ozieri nel 1960" conclude Alberto Mario Cirese alla fine del capitolo, "mi disse che nel Gioco di Ozieri c'era una logica soggiacente identificabile come Mors tua Vita mea."

E il presupposto ideale di questa logica consiste proprio nell'idea radicata di un Universo a disponibilità limitata di beni.

Che, scrive l'Antropologo, "Perfino il Numerus Clausus dei beati del Paradiso dantesco può trovare ragione in quella stessa concezione che ho ricavato, si badi bene, con un procedimento morfo-strutturale."

In Albero Mario Cirese, "Dal Gioco di Ozieri al Numerus Clausus dei Beati danteschi. Tentativo di tipologia ideologica" (1998).

Mondo Reale e Mondo Virtuale

Tutto questo è per dire come il mondo reale, quello delle cose e della vita concreta e fattuale, sia de Facto tanto diverso e distante dal mondo virtuale.
Anni luce, per davvero.

Visto che quello virtuale è un assetto che soprattutto esprime una componente onirica, direi così, la quale appare in definitiva come dominante.

Perché il mondo virtuale, proprio in virtù della sua stessa immaterialità, esula dai confini strettamente spazio-temporali, visto che queste due "pesanti" categorie che delimitano l'Esistente vengono superate e perciò annullate dalla -e nella- virtualità.
In quanto la virtualità per sua natura prescinde tanto dallo spazio che dal tempo, nella sua specifica Forma Essendi.

E' un poco come se l'essere umano e come se la realtà nella quale egli è immerso sin dalla nascita, che è una Realtà strutturata fisicamente in una dimensione spazio-temporale, fosse d'improvviso superata Sic et Sempliciter, come per miracolo.

Come se, metaforicamente, all'essere umano venissero fornite un paio di ali, le Ali di Icaro, con le quali dislocarsi a piacimento in un universo che abbia perduto la sua natura spazio-temporale costrittiva e delimitata.

Come se l'uomo e la donna potessero perciò sollevarsi in volo, dislocandosi a piacere nello spazio e nel tempo.

E questo è propriamente il fascino dell'ubiquità spazio-temporale.

Perché è l'Io stesso che si moltiplica nel tempo della Storia e nello spazio del Mondo, e non solo.

Nello spazio dell'universo-mondo, sarebbe meglio dire.

Si tratta di quella stessa ubiquità spaziale e temporale che caratterizza uno degli attributi -forse il più importante- nella definizione della Divinità, intesa come l'Essere sommo e infinito, onnipresente ed eterno, cioè ultra-storico e ultra-spaziale.

Dunque, la persona che si affaccia nel mondo virtuale acquisisce perciò stesso una dimensione esistenziale che può essere definita, appunto, come extra-storica e ultra-storica e che è quella dimensione, tra le altre, che il navigante virtuale sperimenta in Suo Esse.

Visto che lo spazio e il tempo, Kantianamente intesi come "Forme a priori della sensibilità", costituiscono la griglia fondamentale -e fondante- della conoscenza empirica e induttivo-sintetica del mondo, e sono vincolanti nella vita fisica e nell'esperienza primaria dell'individuo che è quella sensibile, rappresentando dei veri e propri limiti a priori posti nel nostro rapporto cognitivo primario nei confronti del mondo esterno, cioè della Realtà piena.

Lo spazio e il tempo rappresentano, dunque, delle vere e proprie Colonne d'Ercole nel nostro rapporto con il mondo esterno e con la nostra stessa esistenza, e perciò è proprio in questo senso che spazio e tempo assomigliano alle antiche Colonne d'Ercole di mitica memoria.
Giacché essi costituiscono dei veri e propri "limiti invalicabili" nell'acquisizione della conoscenza della Realtà da parte dell'individuo ma anche nella contezza del proprio Sé.

A questo aspetto di ideale illimitatezza delle umane capacità e facoltà individuali e collettive si somma l'illimitatezza -aprioristicamente intesa- dei beni universalmente disponibili.
Perché è proprio l'assenza della componente fisica di questo Universo virtuale ciò che rende possibile almeno idealmente la configurazione di identiche ed illimitate possibilità per tutti e per ciascuno.
Ovvero l'acquisizione per tutti, almeno in linea di principio, di un numero illimitato di beni, che qui sono immateriali.

Perché tutte le costrizioni e la stessa penuria, in primo luogo, si fondano proprio sulla concezione che sottolinea l'esistenza di un Universo limitato di beni nel quale è impossibile per tutti avere "tutto".
Dove è difficile possedere persino il necessario, figuriamoci poi il superfluo ...

Come la ratio del Gioco di Ozieri studiato da Alberto Mario Cirese (1960) esprime e in qualche modo sancisce e sottolinea.

Pertanto, i limiti fisici sono, sembrerebbe, i reali responsabili della "penuria" di beni, che sono al contempo materiali e immateriali.

Considerato il fatto che anche la Sorte, la Fortuna, probabilmente risponde alle stesse regole e alla stessa supposta logica che debbo pensare sia di natura universale.

Quella di una disponibilità sostanzialmente limitata e circoscritta di beni che caratterizza l'intero assetto del Reale fisico.

Ritorniamo alla mia vita

Proprio in quel periodo, mentre cominciavo il mio lavoro quotidiano part-time nell'agenzia di viaggi della mia cara amica d'infanzia, Rita, e proprio quando all'inizio del pomeriggio ritornavo a casa rientrando dopo una mattina di lavoro, avevo sovente la brutta impressione di essere sola al mondo.
Letteralmente sola al mondo.

Il che, detto chiaramente, non è certo una "bella sensazione", visto che si tratta dell'ammissione implicita di una parziale sconfitta sociale.
Almeno così io la sentivo a pelle.

Infatti, quando rincasavo nel primo pomeriggio, dopo aver fatto uno spuntino frugale in piedi in cucina davanti alla credenza, mi rendevo conto con un improvviso scoramento ed un altrettanto improvviso smarrimento e con un senso buio di lucido spavento, sì esattamente così -con spavento- che a casa mia non c'era da molto tempo nessuno ad aspettarmi quando rincasavo all'inizio del pomeriggio.

Proprio, nessuno.

Non c'era anima viva nelle stanze e la mia casa era assolutamente vuota e silenziosa, immersa come per incanto nella benevola luce pomeridiana.
Anche il telefono appoggiato discretamente sulla mensola dell'ingresso sopra al suo centrino di pizzo bianco, rimaneva muto per ore ed ore, praticamente per tutto il resto del pomeriggio fino a sera ...

Nessuno mi chiamava, e questa era la pura verità, la semplice realtà, quella nuda e cruda.

E lontani mi sembravano, ripensandoci, quei tempi felici e chiassosi di pochi anni prima soltanto, i tempi nei quali l'apparecchio telefonico squillava reiteratamente, a più non posso, trillava con il suo timbro metallico e acuto, dipanando in casa tra le stanze luminose la sua eco di persistente e ineliminabile urgenza ...

Lontani mi sembravano, ripensandoci, quei tempi passati e irrimediabilmente trascorsi e finiti.
Fugati per sempre.
Queste erano le parole che mi dicevo tra me e me senza un'ombra di vergogna e con tutta la franchezza possibile.
Mentre un senso di strisciante e di indefinibile sconforto, di umano scoramento, mi afferrava l'animo comunicandomi in questo sibillino ma profondo dolore, la misura plastica, "estetica", del tempo trascorso da quei giorni lontani.
Che adesso mi figuravo come tempi chiassosi e allegramente disordinati.
Eppure assolutamente luminosi ...

Si trattava di una misurazione, fatta ad occhio e croce, del tempo passato da allora, che era molto più precisa di quanto mai avrebbe potuto calcolare un orologio svizzero o un'antica clessidra solare di mesopotamica memoria ...

In realtà, il passare del tempo porta con sé, come suo peculiare corredo e corollario, proprio questa forma di solitudine, in misura e secondo un andamento che per chiunque non può che essere gradualmente crescente.
In Crescendum, dunque.
Questo è il fatto e di questo ne sono oltretutto pienamente cosciente.

Perché a poco a poco, con il tempo, cadono e crollano frantumandosi intorno a noi quelle barriere sociali, sia quelle parentali che quelle amicali, che prima si frapponevano come un diaframma tra noi e l'Eterno, tra noi e la nostra solitudine biologica che è nei fatti drammaticamente assoluta.
Erano le frequentazioni reiterate e costanti, gli scambi tout-court, quelli che si frapponevano come dighe e terrapieni tra noi e il "Nulla eterno" , Foscolianamente inteso.
Come se fossero state strutture architettoniche di contenzione poste tra il nostro Ego profondo e l'Eterno Nulla, per dirla appunto con Ugo Foscolo.
Quelle strutture che la società ci fornisce ab Initio, proprio a partire dal giorno della nostra nascita.
Sono strutture di ordine etico-morale quelle che solitamente chiamiamo Istituti e Istituzioni e in generale "forme di reciprocità", intese a vario titolo e finalità.

Sono, quindi, strutture-cardinali, in quanto sono cardine della società e della socialità, ed esprimono la cifra propria e intrinseca della socialità militante e dei suoi canali prioritari e paradigmatici.
Sono quegli Istituti/Istituzioni che rappresentano l'espressione più consona della nostra rispettiva Cultura e Civiltà di riferimento.

Si tratta di barriere sociali che possiedono la precisa quanto meritoria e meritevole valenza di allontanare dalla nostra mente e dal nostro cuore quel senso ineliminabile di solitudine "biologica", nella quale realmente ciascuno di noi si trova ab Initio fin dal momento della sua nascita, ma che la socialità cancella giusto nel fior fiore della nostra vita.

E' quella solitudine oggettiva, perché qui non si tratta di un puro e semplice sentimento soggettivamente esperito. Perché è una solitudine oggettiva, radicata in noi a mo di sigillo incancellabile nella nostra umana e umanissima condizione biologica naturale.

Mi riferisco alla Quasimodiana solitudine di ciascuno di noi, biologicamente connaturata alla nostra stessa umana condizione, quella che percepiamo come sensazione e perciò come sentimento, e che gradualmente ri-affiora nella nostra vita proprio con il passare del tempo e con il volgere delle stagioni della nostra vita stessa.

E' un fatto fondamentale, questo, del quale ad un tratto prendiamo coscienza, presto o tardi non ha importanza.

Visto che questo appuntamento con la solitudine biologica ci aspetta proprio dietro all'angolo, ad un tratto della nostra esistenza

Perché tale strutturale condizione esistenziale, che è spaventosa a pensarci bene, ad un tratto si palesa e prende forma davanti ai nostri occhi in quel mentre distratti e magari anche storditi.

E ci appare all'improvviso come se fosse una verità ultima e finale, ineliminabile ed incancellabile comunque la si affronti e comunque la si esperisca e la si viva.

Che come tutte le verità e come la Verità in sé e per sé presa in Primis, non può essere né nascosta né ignorata, e tanto meno può essere cancellata dalla nostra Ragione.

E mi chiedo, a questo punto, se per davvero possiamo razionalmente pensare di fermare la marea con un dito, perché la verità è come il mare.

Non possiamo oscurarla né nasconderla, né nascondercela, visto che essa riemerge e riemergerà sempre, costantemente e inevitabilmente in modo ostinato, reiterato, e coriaceo.

Perché la Verità delle cose è un Moloc.

E' il Verum Factum filosofico di Vichiana memoria.

Che ad un certo momento della nostra esistenza dispiegherà tutta la sua forza nonostante i nostri coscienti o inconsci sforzi, e nonostante i nostri grotteschi tentativi di mascherarla e di occultarla ai nostri stessi occhi.

Così letteralmente mi dicevo, senza tanti inutili infingimenti e senza vergogne di sorta.

Senza tanti indicibili pudori.

Mi dicevo che una delle conseguenze più chiare ed evidenti del tempo che passa -e il tempo non può non passare, proprio per sua stessa natura-, consiste esattamente in questa graduale condizione di solitudine individuale che diventa sempre più chiara e più palese nei fatti, sempre più incontrovertibilmente evidente e rilevante nella nostra vita.

A prescindere dal nostro stesso volere e valore.

Sconfitta sociale o conseguenza della diacronia?

Rimanevo con il legittimo ma persistente dubbio se, cioè, la solitudine che vivevo in quel periodo fosse dovuta a me direttamente, al mio comportamento e alla mia sociale inettitudine, che prendeva tale forma, oppure se tale solitudine fosse invece da ritenersi come la tangibile conseguenza di un portato naturale.
La conseguenza evidente di un portato legato a quell'orizzonte biologico ineliminabile, perché fondamentale nella/della vita umana.
A quel fondamento biologico individuale che fa da contro-altare alla socialità e alla mondanità dell'esistenza stessa della persona.

Non era un piccolo dilemma il mio, certo che no sicuramente, ma piuttosto mi sembrava che fosse una sorta di arcano "tremendo" che oltretutto mi investiva all'improvviso come un vento freddo di tramontana.
In quei giorni che sempre ricorderò vissuti nel quadro dimesso di una sinfonia in "do minore" la quale in realtà, caratterialmente, non mi appartiene affatto, neanche un poco.

Perché vivevo una routine quotidiana senza slanci né ottimismo, senza fede né speranza, a voler essere sincera, in quel periodo.

Perché, nel primo caso potevo in qualche modo porre rimedio alla mia solitudine e, anzi, forse dovevo farlo il prima possibile, ma nel secondo caso, questo non mi era affatto consentito.

Dal momento che, mi piaccia o meno, la solitudine biologica -ultima- dell'essere umano deve potersi accettare di buon grado e, gioco-forza, con buona pace dell'animo.

E deve essere vissuta come tale, come qualcosa che esorbita per principio dal nostro stesso operato e dai nostri meriti o demeriti.

Si tratta di quella solitudine che è all'origine della reale "incomunicabilità" interpersonale, concepita non tanto come limite e come "defaiance" individuale, o come Vulnus implicito della nostra società/civiltà di riferimento.

Concepita, cioè, come un limite della persona e/o della sua cultura, che non sa o che non è in grado di esprimere pienamente il sentire e di mettere capo ad una sintonia, ad una reciproca comprensione, ad una "simpatia" -nel senso greco del termine- tra le persone.

Viceversa, trattandosi di un assetto biologico naturale, la solitudine deve essere intesa come una sorta di barriera "invalicabile" nella quale resta intrappolato l'Io biologico.

Letteralmente intrappolato, suo -e nostro- malgrado.

Trattandosi di una barriera che avvolge l'Ego in senso "monadico" e perciò solipsistico.

Questo mi domandavo in quei giorni pensierosi e corrosi dal tarlo del dubbio amletico, riflettendo reiteratamente tra me e me su quale delle due ragioni fosse la più plausibile.

E prendendo in considerazione, in fin dei conti, quale poteva essere la risposta da apprestare da parte mia per uscire da quella strettoia opprimente.

Per sortire da quella impasse che sentivo in fondo all'animo spiacevole e controproducente per la mia stessa vita.

Sia chiaro, e qui lo voglio sottolineare, che c'è chi sopporta o addirittura ricerca oculatamente questa condizione di solitudine sociale, di eremitaggio liberamente eletto, come se fosse un Desiderata e un anelito.

Una condizione che invece a me personalmente fa orrore e pietà e che sento gravare come un macigno di pietra lavica sul mio cuore di donna appena trentenne, che potrebbe anche morirne di crepacuore un giorno o l'altro, sicuramente.

Dopo aver passato una sequenza di notti in bianco, atterrita dallo spettro di una scolorita vita monadica e senza volto.

Proprio alla mia età, avendo di fronte la prospettiva deprimente di una vita affannata e grama, affannosa, povera di soddisfazioni e di slanci affettivi e amicali.

"Ah, no, mio Dio, no per carità", mi dicevo con un vivo timor panico nel cuore ...

Proprio quello che la nostra vita non dovrebbe essere, mai e poi mai, pensavo ...

La Scrittura come fonte di auto-perdono

Quei due anni scarsi trascorsi a scrivere opere, soprattutto romanzi che, sebbene per il momento non mi davano abbastanza da vivere, visto oltretutto il fatto che avevo ostinatamente scelto per queste opere una strada sommamente difficile da percorrere, anzi una strada difficilissima qual'è appunto quella della auto-pubblicazione, tuttavia mi avevano dato dell'altro, che era altrettanto importante.
Mi avevano in qualche modo premiata comunque fosse, regalandomi una contropartita morale e psicologica il cui portato soggettivo non mi era -e non mi è- affatto indifferente, ad essere sincera.

Era come se segretamente nel profondo del mio inconscio, del mio Freudiano Ego, si fossero in qualche modo -misteriosamente- riannodati dei fili nascosti, delle trame segrete, che fino a quel momento erano rimasti slegati, sciolti e scollegati, ondeggianti al vento ...

Questa era stata la mia "sensazione" (termine improprio, lo so) e tale è rimasta fino ad oggi.
Perché questo sentimento adesso lo posso confermare e riconfermare a chiunque, pienamente.

Poiché a mio parere la Scrittura, lo scrivere in sé, implica un'opera di costante "razionalizzazione" del Reale, dell'Esistente, e questo fatto conduce lo scrittore ad uno sforzo costante di razionalizzazione a cominciare proprio dalla sua stessa vita, in toto.
Letteralmente.

E tale razionalizzazione significa inevitabilmente comprensione e quindi giustificazione del proprio operato storico.
La razionalizzazione dell'Esistente applicata come metodo di lavoro, come prassi costante e necessaria da parte dello scrittore nella creazione e nella stesura della propria opera, la razionalizzazione intesa perciò come Modus Pensandi e come Modus Operandi, diventa anche un modo di essere totale, integrale, da parte dello scrittore.
Visto che tale Modus entra a far parte della vita stessa dello scrittore, anche nel Cotidie.
Anche nel rutinario Cotidie.

Diventa un Habitus costante dello scrittore, un suo Quid ineliminabile e specifico, una caratteristica della sua stessa personalità, un sigillo del suo carattere.

La razionalizzazione del nostro pensiero ci conduce così alla comprensione di noi stessi, alla conoscenza Socratica del nostro Ego, il cardinale principio "etico-gnoseologico" espresso dal "Conosci te stesso", suggerito dalla Pizia al filosofo ateniese.
Esperienza prioritaria della persona è questa, quella che costituisce di per sé un obiettivo esistenziale per il saggio, per il sapiente di tutte le epoche, per il Sophòs.

In quanto esprime non solo un valore gnoseologico ma anche un valore etico eminente, in sé e per sé.

Comprensione e auto-comprensione, perciò, che con il tempo si accresce e che, come un lievito nel pane, diventa a mano a mano più profonda e completa.

Ed è proprio questa comprensione di noi stessi che costituisce quella forma di sapienza, di Sophia, che ci porta a perdonarci e ad amarci.

Perché tale comprensione rappresenta una forma di "contestualizzazione storica" finale delle ragioni prime delle nostre scelte.

Considerato il fatto che l'amore è, in generale, espressione e conseguenza, al tempo stesso, della comprensione e della sin-tonia profonda che nutriamo tanto nei confronti degli altri che di noi stessi.

L'amore per gli altri e per noi stessi costituiscono, difatti, due facce della stessa medaglia.

Da qui deriva la veneranda valenza attribuita alla Carità intesa come slancio sociale, come sentimento e come prassi di vita.

La Carità che non è da intendersi come semplice moto di generosità materiale, ma prima di tutto come slancio etico-morale.

Perché la Carità è -insieme- disponibilità e apertura nei confronti dell'altro e del mondo, ed è dunque fondamentalmente il prodotto e l'espressione della comprensione delle altrui ragioni.

La Carità resta perciò il "paradigma" della conoscenza e della comprensione delle ragioni altrui e di conseguenza anche delle nostre ragioni.

Comprensione, dunque, delle ragioni storiche del sentire e dell'opinare (nostro e altrui) e, altresì, comprensione delle ragioni storiche della concreta prassi (nostra e altrui) che dalle prime deriva.

Credo che questa sia la discriminante sostanziale, prima ed ultima, tra coloro che amano e coloro che non amano, tanto gli altri che sé stessi.

Premettendo che in questo senso e in questo caso non intendo assolutamente alludere alle situazioni legate ad un ottuso quanto infantile "narcisismo".
Che, contrariamente alla Carità, nasce e si nutre proprio della auto-referenzialità affine a sé stessa, sciocca ed insipiente, profondamente immatura e oggettivamente puerile.
Non è questo ciò che voglio sottolineare qui e ora.
Perché qui mi riferisco a tutt'altro.

Mi riferisco, infatti, ad un'apertura umana espressa a trecentosessanta gradi nei confronti del mondo e della vita, degli altri e di noi stessi che, come tale, sia in grado di fornire le premesse concettuali per una comprensione piena del mondo.

Che rappresenti una ricerca delle ragioni storiche e dunque "sensate e fondate" che stanno all'origine dei comportamenti in generale e delle rispettive scelte, che illuminano il senso della concreta prassi di vita tanto nostra che altrui.

Visto che qui si tratta di un incremento della Humanitas da parte nostra, veicolato dalla comprensione piena delle ragioni dei fatti storicamente dati.

Si tratta di una comprensione di natura "eziologica", che è a sua volta conoscenza pura e semplice del contesto dei dati fenomenici e storici e delle scelte operate in base ad essi.

Si tratta, dunque, di questo e non di altro.

Le mie Case Sconosciute

Qualche anno prima di iniziare -misteriosamente- a scrivere, e questa circostanza la ricordo molto bene, facevo un sogno ricorrente.

Era un sogno che definirei non soltanto ripetitivo e costante ma anche definitivamente in-contestuale rispetto alla mia vita.
Un sogno che, effettivamente, con tutta la mia buona volontà non trovavo il modo di decifrare sensatamente e tanto meno di comprendere nel suo significato pienamente allegorico.
Nel senso in cui ogni sogno dovrebbe essere interpretato e dunque analizzato, per essere minimamente compreso.

Cioè in modo allegorico, visto che proprio in questo linguaggio si esprime il nostro inconscio, il nostro Es.
Perché l'inconscio si esprime per metafore, questo c'è da dire.

Sognavo, dunque, di entrare in case sconosciute, in dimore che apparentemente non avevo mai visto.
Dimore che, però, sapevo in qualche modo di appartenermi, sapevo essere mie, per qualche strana

ragione che nel sogno mi sfuggiva, che non era esplicitata, soprattutto.

Erano dimore dimenticate e disabitate ma ancora perfettamente arredate, con eleganti mobili d'epoca e con grandi tappeti persiani.
Altre volte si trattava, invece, di case altrettanto grandi e solitarie, ma arredate secondo uno stile "etnico" e non classico, ornate di statue di ebano nere come la pece.
Erano abitazioni, queste ultime, replete di una mobilia di fattura rustica, scevra di orpelli, quasi conventuale.

Pertanto, al risveglio, ricordando non tanto le immagini di per sé ma la sensazione lasciatami impressa dal sogno notturno, mi domandavo che cosa significassero quelle strane e razionalmente ignote dimore e che rapporto avessero con me e con la mia vita.
Case?
E perché mai?

Ritenevo, e ritengo tuttora, però, che questo mio sogno reiterato come un'idea fissa, non poteva essere un mero prodotto immaginario e immaginifico, quello originato da un mio desiderio inconscio, Freudianamente inteso.
Ritenevo che il mio sogno ricorrente non potesse essere il prodotto simbolico e metaforico di un mio ignoto Desiderata.
"Assolutamente no, affatto".

Dicevo tra me e me ostinatamente e pervicacemente, quando ancora immersa nei fumi del risveglio, mi dirigevo silenziosamente in cucina per mettere sul fornello la prima moka di caffè della giornata, preparata con scrupolo e dovizia la sera precedente come sempre, per guadagnare tempo la mattina seguente, al mio risveglio.

Si trattava di quel primo caffè della giornata che sarebbe uscito borbottante e nero, "bollente e scottante", nella caffettiera di alluminio inaugurando l'inizio, da lì a poco, della mia giornata di consueto e attivo studio e lavoro.

Perché quel sogno reiterato e persistente che da qualche tempo a quella parte, un tempo che non avevo conteggiato, era divenuto un Leit-motiv delle mie notti, non poteva essere il prodotto di un mio desiderio inconscio inteso, appunto, in senso Freudiano.

Anche per il fatto che molto semplicemente io la casa già l'avevo, già ce l'ho, in quanto l'ho ereditata dalla mia famiglia in veste di unica erede del patrimonio familiare.

La mia bella casa, mi dico ora ringraziando provvidenzialmente il Cielo.

Questa casa alla quale sono profondamente legata, alla quale sono unita "anima e core", come un cane fedele al suo padrone …

E poggiata la tazzina colma di caffè con il suo piattino sul tavolo di formica della cucina, dopo avere lasciato cadere nel caffè bollente una zolletta di zucchero bianco, alzavo la serranda, la tapparella di legno, per fare entrare nella stanza la prima luce del giorno, quella più luminosa, più pura e più intensa…

Non poteva essere "la casa" in quanto tale, quindi, l'oggetto dei miei Desiderata, quelli che di norma il sogno -arcanamente ma coerentemente- esprime e fedelmente rispecchia, sia pure al livello e su un piano meramente inconscio e incosciente ...

Meramente allegorico, direi, secondo i parametri aulici del mito e del suo tempo ciclico.

"No, affatto", continuavo a dirmi, scuotendo la testa in un gesto di assoluto diniego.
Perché ecco che qui, davanti ai miei occhi, si mostra la mia bella casa, eccola qui ...
Dicevo a me stessa, respirando l'aria del mattino e i suoi colori iridati.
Seduta nella stanza silenziosa che a quell'ora del giorno in Fieri sembrava avvolta in un manto di luce, candidamente drappeggiato sul suo limpido corpo ...

La casa con le sue stanze taciturne e ancora notturne e con il suo legittimo corredo, con la sua atemporale sarabanda di oggetti-memoria.

Come una nave che all'alba sia in procinto di salpare dal porto con il suo carico di cose e di persone ...
La mia casa come una nave, affacciata sul giardino fiorito, abitato a quell'ora del mattino dai voli rapidi e indefessi e dai cinguettii sonori e amabili di piccoli uccelli, di neri storni che popolano le fronde del leccio antico dalle foglie argentee ...
Del vecchio leccio imponente, che svetta come un frondoso vessillo davanti alle mie finestre spalancate all'aria del mattino.

Forse significava un'altra cosa, il mio sogno fatto la notte precedente ...

"A pensarci bene", mi dicevo.

Nel tentativo di afferrare l'inafferrabile "onirico" che è
per sua natura sfuggente ...
Per sua antica e arcana natura, ribadisco.

Perché nel sogno, entravo nelle stanze silenziose di
quelle dimore ovattate, abbandonate ai marosi infausti
del tempo diacronico, con stupore e con ostinata
imperizia, affascinata come un'adolescente all'idea di
scoprire qualcosa che non conoscevo.
Oppure forse, per meglio dire, affascinata come
un'adolescente all'idea di riscoprire qualcosa che pur
conoscendo, avevo dimenticato ...
Da un tempo infinito, da infiniti Eoni.

Come per una sorta di "Ars Maieutica" Socratica, nella
quale soltanto, per Socrate-Platone, consiste il senso
primo ed ultimo, e definitivo, della conoscenza tanto di
noi stessi che del mondo.

Era questo, dunque, il senso della mia scoperta o, per
meglio dire, della mia ri-scoperta?

Perché tale era il sentimento che afferrava il mio animo
allorché mi ritrovavo a deambulare, persa in quello
spazio-tempo notturno, come nel Labirintum Dedalico
di Cnosso...
Sapendo vagamente che quei luoghi non mi erano
affatto nuovi e che io (invece) già li conoscevo.
A pensarci bene, di nuovo.

Non mi erano affatto nuovi quei luoghi "labirintici" e "arcaici" nei quali deambulava la mia immaginazione notturna, nello spazio-tempo del sogno.

Immaginazione e inconscio che procedono in tandem negli oscuri sentieri dell'universo olistico onirico.

Perché io sono Freudiana, e questo fatto vale la pena di rimarcarlo.

Creatività e Inconscio

Allora, mi dicevo, le dimore sconosciute che da molto tempo sognavo in modo costante e ripetuto come se si trattasse di un appuntamento fisso e ineludibile con una Entità terza e "aliena", simboleggiavano niente altro che il mio stesso inconscio.
Erano niente altro che allegorie, immagini allegoriche, del mio Freudiano Es.
Profondo, arcaico, e silente.
Notturno.

Quelle dimore misteriose e ombrose occultate ai miei occhi diurni aspettavano come pipistrelli neri al tramonto il sopraggiungere della notte per dis-velarsi a me.
Come se fossero stati degli arcani venerandi e atemporali che con i loro arredi discreti camuffavano gli spazi vuoti della mia anima.
Perché essi altro non erano che "luoghi del mio Spirito".

Quei luoghi che solennemente attendevano l'oscurità notturna, come pipistrelli neri appunto, per emergere dall'ombra delle tenebre fitte e palesarsi al cospetto della mia coscienza.
Per raccontarsi a me, al mio Ego razionale.

Aspettavano di parlare al mio Ego diurno con il loro linguaggio arcaico e sempiterno, narrandomi la loro storia atemporale.

Come Oracoli dell'antichità.
Nell'oscurità dei loro santuari inaccessibili, incardinati sulle vertenti dei monti che punteggiano l'Orbe Terraqueo, nelle correnti lucide e sabbiose di isole dimenticate che fissano eternamente il mare con il loro occhio cieco ...
Nel trascorrere dei secoli e dei millenni, attendendo (quelle dimore) che una luce le investisse e le interrogasse con umiltà e con rispetto, come a loro è sempiternamente dovuto.

Perché il nostro Ego -diurno- semplicemente ignora sé stesso e i propri piani e disprezza la scoperta da parte nostra del suo lato recondito, del suo volto notturno.
Del suo volto invisibile alla luce del giorno.
Quel dis-velamento che deve essere prudente per tutelare i nostri occhi e il nostro cuore mondano.

E tale dis-velamento è espresso nel sapiente gesto di sollevare il Velo di Maja delle Apparenze, anche qui come altrove nella realtà fenomenica.
Dal momento che esiste un universo oscuro e impenetrabile al nostro sguardo mondano che pur essendo assolutamente reale, noi non vediamo e non afferriamo.

Un universo che qui intendo come "Campo di forze".

L'universo occultato ai nostri occhi che forse neppure comprenderemo, sempre ammesso che il nostro sguardo lo cogliesse.

L'universo olistico e coerente in tutte le sue parti, che si occulta -e si cela- dietro alle apparenze sensibili e che per un dispetto inspiegabile di un Dio capriccioso e insipiente o per una burla dell'umana condizione, i nostri occhi ci occultano altrettanto permanentemente e coriacemente nel corso della nostra intera vita.

E questo succede per ragioni inafferrabili che sono forse legate all'ottica stessa con cui approcciamo il mondo fisico e la Realtà sensibile, privilegiando di esso alcuni aspetti a detrimento di altri, i quali ultimi rimangono occultati alla nostra mente e dunque anche alla nostra ragione.

Così, allo stesso modo esiste in noi, nel fondo della nostra autocoscienza individuale, negli oscuri sentieri scoscesi, negli anfratti del nostro Ego pensante, nello spazio-tempo dell'Io-Penso, un'istanza apparentemente irrazionale e "irragionevole" per sua stessa natura -ma che a differenza del principio filosofico Cartesiano- è in grado di cogliere il mondo in modo intuitivo e totalizzante.

E' in grado di afferrare la totalità dell'Esistente in un batter di ciglia.

Giacché il nostro sguardo può coglierlo nella sua pienezza, nella sua quintessenza ineliminabile e fondamentale, nella sua interezza.

Il nostro intuitivo sguardo è perciò in grado di cogliere quel mondo che si cela dietro alle ingannevoli, ma non false, apparenze mondane e telluriche nelle quali siamo soliti pensarlo razionalmente, e nei marosi -delle quali ingannevoli apparenze- dibattiamo la nostra individuale esistenza.

Come se questa istanza arcaica e oscura fosse "incardinata" filogeneticamente in noi, nel nostro Freudiano Es.

Perché tale veneranda istanza è la nostra Anima e la nostra Psiche, perché di essa si tratta.

Ovvero, è l'entità somma connaturata al nostro cuore come un calco di pietra lavica e "quintessenzialmente" umana, che costituisce il motore immobile e ultimo della nostra stessa creatività.

Visto che la nostra psiche rappresenta ed è -insieme- la matrice onirica e artistica della nostra Segnicità.

Aspetti entrambi, quello onirico e quello artistico, che procedono di pari passo nel nostro Spirito e che possiedono nell'istanza del Es il loro stesso fondamento e il loro fulcro essenziale.

Dall'Es provengono, quindi, i nostri sogni notturni e al contempo la totalità -aurea- della nostra affabulazione creativa e creatrice.

Dal linguaggio simbolico e metaforico, dalla visione puramente allegorica del mondo inteso come Unicum fondamentale, inscindibile e indivisibile (visto che i "distinguo" non appartengono a questa sfera simbolica), nasce la Mitopoiesis, la Vis artistica.

Della quale in Potentia disponiamo tutti indistintamente e senza eccezione, a partire proprio dalla nostra stessa umana condizione.

Questo è quanto, almeno in linea di principio e a priori, visto che si tratta di una potenzialità in Nuce che è radicata nello spirito umano proprio in quanto tale.
In quanto Entità di confine tra due mondi, tra il mondo fisico e quello metafisico.
E' una potenzialità contenuta nel cammino filogenetico della specie umana, quella del Homo Sapiens e del Homo Faber, nello stesso modo e allo stesso tempo.

Allora, l'inconscio è la matrice -prima e ultima- della creatività e della Mitopoiesis.

E' la matrice che sovrintende tanto alla creazione onirica che a quella artistica, come si è detto, e che si esprime secondo i canoni del linguaggio metaforico, allegorico, e intuitivamente segnico.
Perché questo è il linguaggio peculiare della Creatività e perciò dell'Arte.

E' "un linguaggio nel linguaggio" che precipuamente appartiene all'inconscio ed esclusivamente ad esso.
Il linguaggio nel quale il segno, il simbolo, il significante si rapporta al suo referente oggettivo, al suo significato, in modo non diretto ma indiretto.
In modo mediato e traslato, non come avviene nel linguaggio verbale che è per sua natura esplicativo e logico-razionale e nel quale il segno è immediatamente legato linguisticamente al suo referente oggettivo.

Invece, nel linguaggio proprio dell'inconscio, tra il significante e il significato esiste uno iato, una frattura, un Vulnus.

Che deve poter essere colto e sanato avvalendosi degli strumenti concettuali propri forniti dall'intuizione.

Tale iato deve essere colto in modo intuitivo, visto che solo mercé l'intuizione è possibile procedere all'esegesi del discorso creativo.

Per procedere in senso meramente estetico, "esteticamente", nel significato Kantiano del termine.

Scrivere per Scrivere

Eppure, questa mia filosofica riflessione sulla Ratio e sull'Incipit dell'umana creatività sorgeva rigorosamente a posteriori, ovvero molto tempo dopo l'evenienza dei fatti.

Molto tempo dopo l'avvento dei miei sogni notturni che, ad un tratto, proprio quando avevo da poco cominciato a scrivere, si erano dileguati come neve al sole, ed erano scomparsi dalla trama onirica delle mie notti …

Come la luna dal cielo del mattino.

Questa mia riflessione sulla genesi della creatività e più in generale sulla genesi dell'Arte, sorgeva in me dopo molto tempo rispetto al decorrere iniziale dei fatti.

Dopo più di due anni, in realtà, a partire dal giorno in cui mi ero seduta davanti al mio computer, di fronte alla pagina bianca e intonsa del programma di word pad, e avevo giusto cominciato a scrivere.

A scrivere per scrivere, sia detto per inciso.

Senza avere neppure lontanamente in mente alcun piano sensato della -e per - la mia futura attività di romanziera e di scrittrice.

Andando avanti a tentoni e navigando a vista, come si dice, sulla scia inenarrabile ma briosa suggerita da quella Vis Creativa che è una forma di pura Vitalità naturale che animava allora la mia mente e il mio cuore, come se fosse stata un felice vento di primavera.

Perché questo, nel concreto, era successo.

Con la finestra spalancata alle mie spalle, seduta allo scrittoio di mogano settecentesco del mio studio, avevo cominciato a vergare a malapena un inizio di storia, ben sapendo che quello che stavo lasciando inciso sulla pagina intonsa un giorno forse mi avrebbe confortata e riconfortata, prima di tutto.
Come premio individuale che l'attività artistica, qualunque essa sia, garantisce a mo di meraviglioso regalo a colui e a colei che "osa" lambire le sue bianche acque di Luna, "pencolando sull'abisso" della Vis Creativa.

Certo, in quel mentre, in quel primo giorno di scrittura, ero animata dalla pura e semplice volontà di raccontare la mia storia d'amore di per sé inimmaginabile perché in toto fuori dalle righe, almeno così credevo.
Perciò, animata da tale vago proposito, avevo preso a raccontare sulla pagina digitale i contorni della mia storia che inizialmente, nel momento del vissuto doveva essere stata bella e romantica ma che tuttavia vista così da lontano, nello spazio-tempo del reale attuale, non mi sarebbe affatto apparsa tale.

Scrivere per scrivere, dunque.

Senza alcuna illusione da parte mia, però, che il racconto di una storia potesse cambiare la mia vita e ancor meno il mondo, come qualche povero sprovveduto continua a credere ...
Illudendosi drammaticamente, aggiungo io che ormai un poco conosco come stanno le cose in questo campo e quanto grande, grave, e tremenda, sia l'illusione che sovente accompagna il proprio moto creativo.

Perché un'opera di per sé non cambia l'equilibrio precario della nostra condizione e di fatto non incide neppure sulla nostra stessa vita, se non molto marginalmente.
Questo mi dico oggi, perché questo so e questo conosco.
Si tratta di una strada fin troppo lunga e perigliosa che deve poter essere ancora percorsa da noi, prima che un successo di pubblico anche minimo ci investa e ci illumini.
Un successo, sia chiaro, sempre circoscritto e sempre marginale in quanto conferitoci Brevi Manu soltanto da poche persone.
Quelle che generosamente dimostrano interesse per noi e per la nostra vita, e dunque per le nostre stesse Opere.

Si tratta solo di questo e niente di più.
Perciò, ripeto, non illudiamoci.

Tuttavia, il premio che la creatività ci conferisce qualunque siano la sua forma e i suoi canali, quel premio, dico, sì quello è veramente importante, quello è realmente rilevante per noi, ragazzi di bottega dell'Arte ...
Orsù, dunque!

Perché esso incide in noi e nella nostra vita, segnando uno spartiacque luminoso tra "il prima e il dopo" della nostra creatività in Fieri.

Quel premio, sì, che definitivamente ci segna e ci cambia nel profondo, e ci fa evolvere nel senso di una chiara e lucida pacificazione con noi stessi e con il mondo in generale, nel quale navighiamo come zattere solitarie perse tra i flutti tempestosi e inclementi della Storia.

La creatività "in atto", la creatività militante, è quella che ci spinge nella direzione di una migliore comprensione di noi stessi e degli altri.

Degli "Altri Sé" come avrebbe detto Alberto Mario Cirese, sottolineando la stretta connessione tra Noi e gli Altri, a prescindere dalla Storia, dalla Civiltà, e dalla Cultura di riferimento, dalla quale ciascuno di noi proviene e della quale ciascuno di noi è a buon diritto portatore e pro-motore in prima persona.

E' la creatività che ci fa evolvere nel senso di un incremento della nostra Humanitas e, insieme, della nostra socialità.

E che fa evolvere nel nostro animo anche, e forse in primo luogo, quel sentimento di Amore nei confronti di noi stessi (un amore adulto e non narcisistico) nonché del mondo, globalmente inteso.

E direi che a prima vista tutto questo non è poco, non è affatto poco, davvero.

La mia Storia

A cominciare a scrivere mi aveva spinta probabilmente l'esperienza che avevo vissuto poco tempo prima, meno di due anni prima.
Per l'esattezza, visto il fatto che allora si era nel mese di ottobre, si era nell'ottobre del 2020.

E questa data la ricordo bene, distintamente, ci mancherebbe ...

Era stata, infatti, proprio quell'esperienza vissuta e "sofferta" a malincuore nel segreto del mio Io, che mi aveva spinta ad imbracciare la scrittura come se fosse stata un fucile, un'arma.
Una lupara siciliana.

Sembrerà strano, perché magari non a tutti succederebbe di reagire così ad un evento della propria vita, ci mancherebbe altro ...
Eppure delle volte sentiamo in noi l'impellente bisogno, la necessità irreprimibile e urgente, di appellarci a qualcuno o a qualcosa, fosse pure ad una pagina bianca e intonsa, assolutamente amorfa e neutra, quale era quella del programma digitale di scrittura, del word pad.

Sentiamo il bisogno di appellarci ad un mezzo anonimo e Super partes per sanare una ferita, un Vulnus, che in quel momento pesa sul nostro cuore come un macigno di pietra lavica.

La mia era una ferita che in realtà pesava, allora, come un fardello sul mio animo, fin troppo vulnerabile.

La scrittura era stata per me una sorta di estrema Ratio, come si dice, non avendo con chi -e a chi- confidare in quei frangenti la mia vicenda personale e la mia pena.

Una vicenda che, a dire il vero, non smetteva di farmi vergognare ai miei stessi occhi, a torto o a ragione non saprei dirlo.

Visto che non è cosa facile scavare nel profondo del nostro Ego, anzi, del nostro Es, del nostro Freudiano inconscio, per comprendere le ragioni profonde -cioè, vere- del nostro malcontento e, insieme, della nostra sofferenza interiore.

Perché, mi domandavo allora, potevo mai parlare della mia strana vicenda "sentimentale" ai miei familiari, oppure al mio cerchio di amiche?

Che alla fin fine, guarda caso, si erano rivelate più o meno tutte ipocrite perché tutte benpensanti.

Ma quando mai avrei potuto trarre da loro un buon consiglio e una buona parola?

Ma quando mai?

Quelle amiche "di sempre" che si erano rivelate fin troppo "ortodosse" tutte indistintamente, come del resto immaginavo.

Integralmente ortodosse, direi, dalla punta dei capelli fino alla punta dei piedi, nelle loro rispettive idee sul mondo e sulla vita ...

Potevo mai raccontare a loro per fila e per segno, non solo i generici "affari e fatti miei", ma addirittura quella mia storia che a loro sarebbe sembrata alquanto fuori dalle righe, visto che esondava dal loro orizzonte mentale usuale, dato per scontato e possibilmente considerato indiscusso?

Potevo mai raccontare loro che cosa mi era successo veramente in quell'anno trascorso aspettando John?
No, decisamente, non credo che fosse possibile.
Non potevo proprio raccontarglielo, non potevo dirglielo, non potevo confidarmi con loro e contare su di loro.
Questo pensavo, convinta della validità e della oggettività delle mie rassegnate conclusioni.
Perché le mie amiche -di lunga data- non solo non mi avrebbero capita e tanto meno giustificata, ma perché c'era il serio pericolo che mi prendessero per matta, mica no ...
C'era il rischio che mi prendessero per una "matta da legare" degna di un redivivo manicomio...

Così, con buona pace del mio cuore afflitto e mio malgrado, avevo rinunciato a raccontare a loro la mia esperienza e dunque l'intera vicenda, che poteva lasciare dietro di sé una scia di dubbi – seri o addirittura serissimi- sul livello della mia maturità personale, e che mi obbligava a pensare che in definitiva ero, nonostante le mie vive pretese di donna colta e intellettuale, né più e né meno che una delle tante, delle tantissime, donne ingenue e immature.
Quella vicenda lasciava presumere, infatti, che anch'io fossi "un'oca giuliva", di quelle che popolano la nostra

società contemporanea e il nostro presente mondo Occidentale.
Questo era il fatto, detto in poche parole.
Piuttosto dovevo fare un Mea Culpa sonoro.

E lo dicevo a me stessa a denti stretti.
Che dovevo rivedere radicalmente quell'idea erroneamente superlativa, ma in realtà ridicolmente meschina e sciocca, che mi ero fatta di me stessa.
Quella idea decisamente puerile che mi ero costruita di me tempo addietro, nel corso degli ultimi anni.
Era davvero un'idea sciocca e alterata quella che avevo di me stessa, e qui lo debbo confessare ed ammettere per forza di cose.
Un'idea che forse, forse, aveva avuto la finalità inconscia e probabilmente il merito chissà, per certi aspetti, di sostenermi psicologicamente nei momenti difficili che sempre ci sono, che sempre esistono e che costantemente si paventano all'orizzonte della nostra vita.
Dei quali, le nostre rispettive esistenze, almeno nell'attualità storica contemporanea e nonostante tutto, sembrano essere lastricate.
Eppure, questa immagine altisonante -per non dire superlativa- di me stessa, mostrava in quei frangenti tutta la sua palese inconsistenza e tutta la sua ridicola irrazionalità.
La sua disarmante vacuità.

Visto che era esageratamente positiva e invece assai poco critica, anzi, fin troppo poco critica.

Poco male fin qui, mi dicevo, perché nessun altro all'infuori di me stessa sapeva ciò che avevo vissuto in quel periodo, per fortuna breve.

E nessuno sapeva minimamente che cosa fino ad allora avevo pensato in segreto di me stessa, nel profondo del mio Ego, nelle "segrete stanze" della mia coscienza.

Poco male allora, mi auto-incoraggiavo, visto che non tutto era perduto.

Perché è pur sempre vero che -socialmente- quel che di noi non si conosce, in qualche modo non esiste.

Tutto ciò è per dire che in quei frangenti, mentre ero a tentoni alla ricerca di un sollievo psicologico di qualche genere, mi ero rivolta alla scrittura.

Pensando di riportare fedelmente sulla pagina, di mettere nero su bianco i miei sentimenti e i miei legittimi dubbi, riportandoli "su carta" a mo di resoconto veritiero dei fatti.

In un Iter narrativo che fosse, magari, scevro di grandi pretese letterarie, sostanzialmente scabro ed essenziale come si doveva, ma che avesse le sembianze di un diario.

Senza altra priorità che non fosse quella di un rispecchiamento più o meno fedele di me stessa e del mio animo.

Ben sapendo in realtà quanto fosse -e quanto sia- vana la speranza di fare della scrittura, di qualsiasi forma di scrittura, un mestiere vero e proprio, concepito come tale.

Ma in questo mio giudizio potrei anche sbagliarmi.

Il Dito ossuto della Realtà

Certo, il movente primo della mia scrittura era stato proprio questo.

L'anelito pressante di confidare la mia vicenda a qualcuno, fosse pure alla pagina bianca del word pad del mio computer di casa.

Ve lo garantisco spassionatamente, visto che non avrei ragione di mentire a me stessa e neppure a voi, per nulla al mondo.

Perché il movente unico e assoluto dell'Incipit della mia scrittura era stato da parte mia la coriacea determinazione di fermare il tempo di una vicenda storicamente considerata conclusa e di trasmetterne per iscritto il mio ricordo che era ancora presente nel mio animo.

La mia era stata una storia d'amore "in do minore", perché l'avevo vissuta integralmente in solitaria meditazione, e che di per sé non aveva niente di tanto eclatante che non fosse il semplice fatto di essere successa a me.

Una vicenda che era, lì per lì, naufragata in un bicchiere d'acqua, come si dice popolarmente.

Una storia che si era dissolta improvvisamente come neve al sole davanti ai miei occhi costernati, senza che io potessi quasi neppure avvedermene

Comunque fosse, avevo iniziato a scrivere in barba a tutto e a tutti, come un soldatino compito che si avvii in battaglia, marciando nella sua fila ben determinato.

Così, avevo riempito centotrenta pagine di ricordi, di fatti personali camuffati sotto le mentite spoglie di un romanzo breve, anzi, brevissimo.

Tuttavia, avevo continuato imperterrita a scrivere e a scrivere ...

A scrivere dell'altro, certo, di altre storie belle o meno belle che fossero, superando storicamente e spazialmente, cosa affatto importante da dire, quelle iniziali circoscritte vicende che erano strettamente legate alla mia vita personale.

Che, come precedentemente vi dicevo, erano all'origine della mia esperienza letteraria.

Era stato, infatti, proprio da quel momento in poi che avevano preso tangibilmente forma "le case"

Quelle ignote dimore che reiteratamente avevo sognato nel corso del tempo, nel corso degli anni precedenti, delle quali però non avevo mai compreso appieno e fino in fondo il rispettivo significato onirico.

Il senso allegorico e metaforico che era presente nella loro intrinseca simbologia.

Quel senso metaforico che ad un tratto della mia vita, però, si era dis-velato senza ombra di dubbio, come se fosse stata sciolta la soluzione di un Enigma.

Né più e né meno.

Perché com'era immaginabile, alla fin fine, il significato di quelle silenziose, disabitate e misteriose dimore, si era palesato alla spicciolata davanti ai miei occhi e non avevo davvero altro da aggiungere.

La realtà stessa mi aveva messa con le spalle al muro, silenziosamente indicandomi, con il suo magro dito ossuto, l'espressione -in divenire- della mia improvvisa creatività.

Che nel frattempo aveva assunto forma e consistenza e che stava continuando ogni giorno di più a prendere forma, nei tangibili quanto concretissimi effetti della mia opera.
Quelli che filosoficamente possiamo chiamare i "dati fenomenici".

In quei prodotti tangibili del mio lavoro che erano i miei libri, i miei cari, carissimi, e amati libri, intesi come cose.
Come oggetti colorati e attraenti, come oggetti tangibili, concreti e concretissimi …
Come dati fenomenici, appunto.

Ma ritorniamo adesso alla mia storia.

"Prego, si accomodi ..."

Era stato poco dopo aver iniziato il mio lavoro continuativo, ma part-time, nell'agenzia di viaggi della mia cara amica d'infanzia, Rita, che ero entrata pian piano in questa storia.
E questo fatto lo ricordo bene, molto distintamente.

Perché quello che di quel periodo -difficile- rammentavo e rammento a tutt'oggi, era stata proprio la grande fatica che avevo fatto nel corso di quei primi tempi di lavoro in agenzia.
Era stata una fatica tanto fisica che mentale per me, l'inizio di quel lavoro.

Una fatica nuda e cruda, dovuta non soltanto al fatto di portare avanti un lavoro che allora non conoscevo almeno nelle sue dinamiche specifiche, ma dovuta anche alla necessità di trattare quotidianamente, e nel migliore dei modi, con il pubblico.
Magari un giorno a venire, un giorno o l'altro, ci avrei preso la mano e ci avrei "fatto il callo", come si dice in slang.
Magari, forse, un giorno a venire, appunto.

Ricordavo bene, infatti, la difficoltà strenua nel trattare quotidianamente con una clientela sovente capricciosa, con la quale ero costretta ad interagire nel miglior modo possibile e soprattutto il più garbatamente possibile.

Visto che propriamente in questo consiste il rapporto dell'agente di viaggio con il suo pubblico affezionato o meno affezionato.
Con il cliente che è -e resta- inevitabilmente il referente diretto e ultimo del lavoro costante apprestato e messo a punto dall'operatore turistico.

Perciò, era necessario da parte mia tenere i nervi a posto, tenere i nervi ben saldi e gli occhi ben aperti, assolutamente, esprimendo e manifestando un comportamento socievole in massimo grado, impostato alla somma gentilezza e alla piena cortesia.
Un tratto imperniato, perciò, sul puro ed eterno Savoir-faire da parte mia nei confronti della nostra beneamata clientela.

Come da manuale, è il caso di dire.

"La prego si accomodi, mi dica pure, cosa preferisce, cosa desidera, potrebbe andare bene per lei questa data e questo volo ?".
Etc, etc, etc …
Così di seguito per molte ore al giorno, tutti i giorni dalle nove alle quattordici e trenta di ogni mattina lavorativa, ad eccezione, vivaddio, delle giornate di sabato e di domenica.

Alleluja, brava gente!

Però c'è da dire, che il primo pomeriggio quando rincasavo, sapevo bene che a casa non avrei trovato nessuno ad aspettarmi, neanche un'anima viva.
E questa circostanza mi angustiava profondamente.

Perché non esisteva nessuno nella mia vita che, in mia assenza, mi preparasse un boccone per l'ora di pranzo e con il quale potessi sedermi a tavola alle due del pomeriggio e magari anche a cena, la sera.
Nessuno mi aspettava alle due e mezza del pomeriggio al mio rientro a casa, infatti.
Neanche un'anima.

E questa circostanza mi era diventata estremamente penosa a dire il vero, e in cuor mio la sentivo profondamente triste e tormentosa.
E avevo come l'impressione, persistente e reiterata, che una specie di tarlo mi rodesse il cuore, notte e giorno.

E nel formulare con chiarezza diamantina questo pensiero a me stessa, tutto mi appariva all'improvviso ancora più triste e più cupo, più desolato e più desolante, anche la stessa luce calda e iridata che illuminava il cielo di Roma nel primo pomeriggio primaverile ...

Come avevo fatto a ridurmi così?
Com'era stato possibile arrivare a tanto nella mia vita?
Quale punizione decisa dal Cielo (perché questo doveva essere) mi obbligava a fare -mio malgrado- questa vita che era evidentemente tanto assurdamente claustrale?

Questo mi domandavo, come avrebbe fatto un eccellente detective nei confronti del ladro sorpreso con le mani

nella marmellata, o semplicemente acciuffato mentre
nottetempo cerca di fuggire con il malloppo nero sulle
spalle ...

Perché proprio questa amara contraddizione, in quel
periodo turbolento e sui generis della mia vita, sentivo
palpitare e sbattere le ali come una farfalla moribonda,
in fondo al mio cuore.
E vorrei confessarvelo in queste righe, certamente con
molta umiltà.

Tanto più che anche in agenzia sentivo sovente parlare
di progetti familiari a cominciare proprio dalla titolare,
dalla mia amica e coetanea Rita che vantava però un
felice matrimonio già di lungo corso e tre bellissimi
bambini allegri e vitali.
Che, insieme al marito, riempivano -fuori dalle ore di
lavoro- la totalità delle sue giornate.
Vissute tutte, a quanto sembrava, nel trambusto più
totale e frenetico della giungla parentale.
E che, sicuramente, riempivano per intero il suo fine
settimana, l'intero weekend, che era tutto dedicato alla
causa familiare nei suoi vari addentellati e in tutte le sue
molteplici e multiformi forme e sfaccettature.
In tutte le sue sfumature.

E quando la titolare attaccava questo genere di discorso
sia con i clienti che per telefono, se in quel mentre non
ero impegnata a mia volta con un cliente, scappavo via
dalla stanza e mi rifugiavo in bagno con varie scuse.
Tenendo i palmi premuti sulle orecchie per non udire
quei discorsi che mi ferivano senza apparente ragione.
Quei semplici e bonari discorsi, alquanto oziosi, che di

certo non erano fatti né pensati contro di me e neppure formulati con l'intenzione di ferirmi e di offendermi.

Per nessun motivo al mondo, assolutamente, e questo lo sapevo perfettamente ...

Tanto per dire, con ciò, fino a che punto di "non ritorno" ero arrivata con questa mia paranoia della solitudine e con questa mia altrettanto paranoica tristezza.

Con questa mia perpetua malinconia esistenziale che ogni giorno di più sentivo stringermi la gola con un nodo scorsoio serrato sempre più stretto intorno alla mia vita.

Giorno e notte.

E proprio per questa ragione cercavo una via di fuga "esistenziale" dalla situazione di solitudine e di clausura vera o presunta che vivevo, e che ormai comprendevo quanto fosse invalidante e castrante a tutti gli effetti, e quanto fosse controproducente per me e per la mia esistenza in toto.

"Debbo uscirne fuori" ...

Mi dicevo, tenendo il pugno della mia mano destra serrato stretto nella tasca della vestaglia azzurra a fiorellini bianchi e rosa che portavo a casa.

La mia cara vestaglia di casa, quella che indossavo insieme alle altrettanto "care" babbucce rosse, calde e felpate, non appena rientravo in seno al mio focolare domestico tanto deprecato.

Mentre guardavo fissamente il telefono adagiato sul suo bel centrino di pizzo antico, Lindo e Pinto, collocato in evidente mostra come fosse un oggetto museale, al centro della mensola, nell'ingresso di casa.

Come se il telefono, l'apparecchio telefonico in sé e per sé, potesse rispondermi in un momento di caos universale e potesse confidarmi una verità che sentivo e che forse già sapevo, e che in tutti i modi mi sembrava drammatica nella sua iperuranica alterità.

Nella sensazione di incommensurabile lontananza dell'intero contesto sociale da me, povera derelitta, che i marosi della tempesta della notte precedente avevano scaraventata su una spiaggia deserta, lontana dallo sguardo di Dio e degli esseri umani.

Festina Lente

Ricordo che si era in autunno, in un giorno feriale e infrasettimanale, e che ero da poco ritornata a casa come sempre facevo nelle prime ore del pomeriggio, intorno alle tre.

Perciò, dopo essermi cambiata di abito e aver indossato la mia camicia da notte azzurra a fiorellini rosa e bianchi nonché le preziose babbucce di casa, le mie comode e calde pantofole rosse, ero andata in cucina a prepararmi un boccone.
E mi ero ricordata, in quel mentre, che nel frigorifero era rimasto reietto e abbandonato, dalla sera precedente, un hamburger intonso insieme ad un piatto di patate cotte al rosmarino che avevo cucinato in padella giusto appunto la sera precedente e che tranquillamente adesso avrei riscaldato al forno in pochi minuti, per pranzo.
Si trattava di uno spuntino veloce, certo, di un pranzo leggero adatto a quell'ora pomeridiana e che in dieci minuti, non di più, sarebbe stato bello che pronto.

Giusto il tempo di preparare una tavola minimale per me soltanto, senza orpelli di tovaglia, ma invece con il sottopiatto di stoffa nuovo e lustro che avevo comprato di recente.

E così, nell'attesa che le vivande si scaldassero nel forno che avevo messo ad una temperatura non esageratamente alta, ero andata ad accendere il computer, il PC, aprendolo poi sulla pagina del mio profilo Facebook.

Niente di strano, comunque, perché quando mi trovo a casa all'ora di pranzo oppure all'ora di cena, forse soprattutto in quest'ultimo frangente, mi tengo compagnia con Internet.
Visto che in altri momenti della giornata davvero non posso trattenermi sui Social Network e in generale sul Web.
Meno che mai.

Perché ad essere sincera Internet mi rilassa, come mi rilassa e mi distende -dalla mia pagina di profilo Facebook- dare un'occhiata alle mondane "novità".
E trovo piacevole il fatto di sbirciare le immagini colorate postate da amici e conoscenti sulle rispettive pagine del Social Media, a torto o a ragione considerato il più noto al mondo.
Ma soprattutto, a dire il vero, ciò che mi interessa e mi sta a cuore è il fatto di mettermi al corrente di quanto di nuovo -e non sempre di bello e di buono- succede sul nostro pianeta.

Perché in fin dei conti nel caso di Internet e delle sue varie pagine, si tratta di un "terzo occhio", di un occhio aggiuntivo molto più potente e preciso di qualsiasi quotidiano, dallo sguardo ben più profondo ed esteso di quanto non sia tutto l'Orbe Terraqueo messo assieme.

E' lo sguardo virtuale e telematico, dal quale non possiamo più prescindere oggigiorno a quel che sembra, proprio a partire da me.
Visto che ormai noi tutti ci siamo pienamente "adattati" a questo nuovo e potente strumento internazionale.

Storicamente dirimente, come forse doveva essere stato per i nostri antenati e progenitori di epoca paleolitica, il fatto di adattarsi alla nuova scoperta del fuoco o a quella dell'agricoltura , ne sono convinta.
Visto che il mezzo, il Medium virtuale, è a tutti gli effetti più unico che raro ab Initio, e visto che esso è diventato nell'attualità contemporanea parte integrante della nostra stessa vita, a partire proprio dalla nostra quotidianità basilare, quella nuda e cruda e fondamentale.
Piaccia o meno questa circostanza.

Considerato il fatto che esistono ancora nell'attualità quelli che io definisco gli irriducibili alla virtualità o addirittura i suoi acerrimi nemici, anche se sono ormai numericamente irrilevanti.
Si tratta di coloro che testardamente negano l'utilità e il valore aggiunto -e aggiuntivo- del mezzo informatico, proprio a partire dalla nostra stessa quotidianità, anche semplicemente a partire solo da questa.

Si da il caso, però, che io personalmente sia e mi ritenga pienamente una "follower" della virtualità e del Web in generale, e si da inoltre il caso che, a buon diritto, non possa vivere neppure un giorno senza l'ausilio prezioso (perché tale è) dello strumento telematico e informatico.

Come nel corso di queste stesse righe ho più volte sottolineato con il fine di chiarire quanto personalmente -nonostante tutto e tutti-, nonostante i suoi detrattori e i suoi sempre possibili scettici, io sia non solo ben disposta ma addirittura ammaliata dal fascino discreto del mondo virtuale e dalle sue stesse prerogative che sono tante e varie, che sono plurime, e che lo sono realmente in tutti i sensi.

E come personalmente non nutra riserve di sorta nei confronti della "banda magnetica" che è evidentemente la "scoperta delle scoperte", essendo oggettivamente l'elemento tecnico e tecnologico innovatore e rivoluzionario nel senso letterale del termine.
Come in questo quadro essa sia effettivamente il motore primo del salto tecnologico "misteriosamente" fatto dall'umanità in tempi recentissimi per merito di un gruppo di persone che lo hanno elaborato, messo appunto, e reso fruibile planetariamente con una tempistica a dire poco stupefacente.
Direi, dalla notte alla mattina.

Pertanto, ritornando a me e ai fatti di quel pomeriggio, dopo aver acceso il computer, avevo messo a tavola il mio piatto di hamburger con patate al rosmarino e avevo iniziato il mio pranzo.

"Festina Lente", come dicevano i Romani.
"Affrettati Lentamente".

Che significa, universalmente, mettersi nell'ottica di procedere con tempismo nella propria vita, ma senza angosciarsi.

Perché il senso del motto latino, che qui voglio citare e ricordare per la sua profonda saggezza, è diventato nel tempo un poco come la mia bussola di vita, la mia guida esistenziale e spirituale o, almeno, etico-morale.

Tanto per la sua intrinseca sapienza, come dicevo, che per la sua aurea di bellezza verbale e sonora, che è a tutti gli effetti paradigmatica.

Perché fondamentalmente il detto latino ci raccomanda l'importanza di fruire con sapienza e con intelligenza del "nostro umano tempo", che è anche il nostro grande bagaglio di opportunità e di possibilità.
Il tempo che deve essere inteso come la condizione previa e basilare nella quale letteralmente consiste la nostra stessa vita e della quale, perciò, disponiamo e disporremo limitatamente e non eternamente.

E questo deve essere chiaro a tutti.

Anch'io nel mio Cotidie, nel mio "particulare", in quei frangenti dovevo fare le cose con calma.
Sì, con agio e con tranquillità, ma senza dis-perdere dietro ad esse un tempo esagerato.

Dissipando in tali evenienze, un tempo inutile e vano.

Una Richiesta di amicizia in Facebook

Si da il caso che mentre stavo giusto collocando i piatti e le pentole sporche del pranzo nell'acquaio della cucina per lavarli di lì a poco, subito dopo aver acceso il computer ed essermi connessa alla mia pagina Facebook, era successo che avevo udito il classico segnale dell'arrivo di una notifica, che spunta in cima alla schermata.
Mi ero perciò asciugata le mani bagnate ed ero andata a vedere per pura curiosità che novità ci fossero, delle quali appunto in quel mentre mi avvisava il peculiare suono che avevo udito un momento prima.

Avevo aperto, quindi, la schermata delle notifiche e mi era apparsa la pagina di profilo nella quale campeggiava la fotografia di un giovane uomo, poco più che un ragazzo a dire il vero, che mi chiedeva l'amicizia.
Nessun problema, chiaro, perché in Facebook tale evenienza amicale fa parte del gioco, visto che l'amicizia sembra essere importante se non addirittura centrale nell'economia di questo portale Social.
Così, avevo confermato l'amicizia con lui senza neanche capire in fondo, in fondo, chi fosse il presunto nuovo amico che si aggiungeva alla lista degli amici che erano già presenti nella mia cerchia virtuale.

Chi fosse, dunque, il rogante, colui che avendo probabilmente intravisto il mio profilo incidentalmente e chissà dove, desiderava connettersi con me.
Perché così funziona Facebook.

Certamente, ben sapendo da parte mia che le amicizie sui canali sociali del Web, salvo rare quanto particolari eccezioni (che come tali confermano la regola), restano normalmente lettera morta.
Esistono, stanno lì per molto tempo, ma sono oggettivamente prive di senso compiuto.
Rimangono, quindi, delle semplici quanto ipotetiche interazioni fruibili in Potentia, senza alcuna ricaduta nella realtà fattuale.
E questa circostanza è universalmente nota ed io stessa ne ho piena contezza, visto che sono in Facebook da oltre dieci anni ...

Del resto, dei miei nominali 250 "amici" che sono elencati sulla mia pagina di profilo, a pensarci bene mi trovavo -e mi trovo- ad interagire costantemente solo con pochissimi di loro.
Soprattutto con coloro con i quali effettivamente intrattengo un'amicizia vera e propria e perciò reale, ma sfortunatamente non con tutti gli altri.

Questo è un fatto noto agli utenti dei canali Social del Web, un fatto che rimarca inevitabilmente la circostanza che molta parte dei nostri rapporti instaurati attraverso tali mezzi virtuali, quindi mercé queste piattaforme telematiche dei Social Network in generale e non solo di Facebook, costituiscono una sorta di eventualità possibile e virtualmente potenziale, ma che raramente acquistano rilevanza fattuale, come vi dicevo.

Costituiscono, perciò, degli eventi possibili, potenziali, ma non reali e dunque non "veri", in senso propriamente ontologico e fenomenico.
Costituiscono una costellazione di relazioni In Potentia ma non necessariamente In Atto, per dirla con Tommaso D'Aquino.

Dunque, dopo aver lavato i due piatti del pranzo e aver rigovernato a malapena la cucina, già a pomeriggio inoltrato avevo deciso di ricavarmi una mezz'ora di assoluto riposo.
Una specie di relax telematico dovuto, da spendere comodamente seduta davanti al mio Pc che era rimasto in quei frangenti acceso e in stand-by.
E com'era immaginabile e prevedibile, ero andata a curiosare il profilo del mio nuovo amico.
Il profilo della mia New Entry.

E avevo visto che si trattava di un giovane uomo di nome John che dichiarava di essere originario di Chicago, sebbene fosse figlio di italiani trasferiti qualche decennio prima negli Usa.
Da parte sua, John diceva di essere un designer di moda e nella sua pagina di profilo mostrava una serie di fotografie che lo ritraevano prevalentemente nella dorata cornice di una Urbe maestosa, decisamente nordamericana, tra ponti aerei, grattacieli specchianti, parchi cittadini verdissimi ed estesi quanto una regione italiana …

Tuttavia, John non menzionava la propria età e neppure la propria data di nascita, come invece molti fanno, e non accennava neanche al suo stato civile.

Eppure, guardando attentamente le sue fotografie si capiva da lontano un miglio che doveva trattarsi di un ragazzo forse appena trentenne, sì e no, di condizione sociale ed economica mediamente elevata e agiata, sufficientemente sportivo e amante della vita comoda e confortevole.
Come lo sono molti occidentali sicuramente, immemori esponenti di questa fetta anticamente privilegiata del mondo, il cosiddetto "miliardo d'oro", che danno l'idea di essere persone benestanti o addirittura altolocate.

Osservando con attenzione le fotografie di John, debbo dire che mi era piaciuta in particolar modo una sua foto che lo ritraeva in un fermo-immagine scattato sul monumentale ponte di Goden Gate a San Francisco, a Frisco come si dice in slang.
E sotto all'immagine che mi sembrava suggestiva, in quanto in certo modo "vissuta", avevo aggiunto un Like, un "Mi piace".

Fermandomi lì con i miei commenti.
Senza andare oltre, per un semplice fatto di prudenza.
Astenendomi, cioè, dal fare ulteriori commenti di sorta, cosa che decisamente volevo evitare a titolo di personale precauzione.
Perché non si sa mai, pensavo.

Visto che in fondo non mi importava niente della persona in questione.

Per il semplice fatto che neppure la conoscevo e alla quale, oltretutto, non intendevo fornire appigli e pretesti vari ed eventuali per abbordarmi.

Visto appunto che questo Mister John era per me un illustre sconosciuto al quale niente mi legava, proprio a cominciare dalla geografia.

Io vivevo a Roma e lui a Chicago.

Perché nel caso delle cosiddette amicizie di Facebook, dico che si tratta di un gioco, di un gioco puro e semplice.

E che perciò si tratta di una finzione, che può essere piacevole o meno piacevole, a seconda dei casi.

Ma si tratta solo di questo.

Di finzione e non di realtà, come per tutto il Web, praticamente.

E' un poco come giocare a Monopoli, pensavo tra me e me, mentre riguardavo la fotografia in bianco e nero di John scattata sul Golden Gate di San Francisco, di Frisco ...

Poiché, in fin dei conti, Internet va preso con le pinze. Esattamente come se fosse un gioco che, come tale, lascia il tempo che trova.

Né più e né meno, ne sono pienamente convinta.

E non vale neppure la pena di appassionarsi troppo alle vicende vissute sul Web, perché la Realtà è un'altra e sta altrove.

Chicago versus Latina

La cosa era finita lì, almeno così sembrava.

Però due giorni dopo John si era nuovamente fatto vivo e mi aveva inviato un messaggio -via Messanger-.
Un messaggio recapitatomi in tempo reale, chiaramente, scritto molto correttamente in italiano nel quale, chiamandomi per nome, mi ringraziava a posteriori dell'amicizia che gli avevo concesso e mi raccontava qualche cosa di sé e della sua vita.
Mi raccontava, dal canto suo, quello che si poteva definire una sorta di aneddoto, aprendo così uno spiraglio di luce "reale" e "vera", cioè vivida, sulla sua amorfa pagina virtuale, perché di questo in fin dei conti si tratta.
Illuminando così uno spicchio di Realtà fattuale che entrava prepotentemente nel mondo virtuale e immaginario che per sua propria natura è in qualche modo pre-confezionato e che ci appare, quindi, statico e spento.

Era un messaggio breve e coinciso quello che mi aveva inviato John, quel giorno.
Si trattava, infatti, di due righe nelle quali lui mi confidava in primo luogo di avere una grande nostalgia

dell'Italia e mi raccontava, in secondo luogo, il fatto che in quel periodo si stava giusto organizzando per fare un viaggio di piacere nel mio paese, con l'intenzione di venire a trovare parte della sua famiglia che viveva ancora qui, per l'esattezza nella cittadina di Latina che è, come sappiamo, geograficamente molto vicina a Roma. Trovandosi anch'essa nel Lazio, sebbene un poco più a Sud della capitale.

"Bene" gli avevo risposto a mia volta, dicendogli che ero felice per lui e per le sue sorti, e gli facevo pertanto i miei migliori auguri per il suo viaggio di piacere in Italia, quando fosse stato.

"Ti mando il mio In bocca al Lupo personale per il tuo viaggio di ritorno in famiglia, augurandoti una felice permanenza tra i tuoi cari".

Questo era stato quanto avevo scritto a John, in risposta al suo messaggio del giorno precedente.

"E buon pro ti faccia", mi ero detta prima di chiudere la pagina Social e di uscire di casa per recarmi come facevo ogni mattina dei giorni feriali in agenzia.

E mentre camminavo a passo spedito verso l'agenzia di viaggi non lontana dalla mia abitazione, ripensavo al messaggio del mio nuovo "amico" di Facebook, domandandomi in quale misura e per quale ragione, se non per un fatto di ordine esclusivamente sentimentale e affettivo, si può essere spinti ad affrontare un viaggio tanto lungo e complicato per rivedere una parte di quei familiari che, a causa di una propria quanto insondabile scelta, siano rimasti a vivere a migliaia di chilometri di distanza da noi, esattamente nel luogo di origine della nostra rispettiva famiglia.

Quei parenti vicini e lontani che presumibilmente trascorrono la loro vita in un contesto tanto diverso rispetto al nostro, tanto da non riconoscerli quasi più come tali, come stretti familiari ...

Sì, perché tra Chicago e Latina esiste non soltanto una grande distanza geografica-spaziale ma anche una distanza a dir poco abissale in tutti i sensi.

Perché fin troppo "ce ne corre", come popolarmente si dice, tra questi due poli.

Anche se conosco a malapena Latina e non conosco affatto Chicago, tuttavia questa distanza "abissale e siderale" in tutti i sensi, esistente tra le due città, posso facilmente immaginarla ...

Considerando evidentemente il fatto che sembra quasi una ovvietà, e cioè che il contesto, il combinato disposto insieme storico e geografico (oltre che socio-economico, politico, e culturale) nel quale viviamo il nostro Cotidie, la nostra esistenza quotidiana e nel quale proiettiamo la nostra vita globalmente intesa, ci forma pienamente e inevitabilmente scolpisce in noi i nostri più profondi Desiderata.

Il contesto, plurivalente e polimorfico, ci orienta come farebbe una bussola apprestata sul nostro cammino e ci addita le mete da raggiungere di volta in volta, conferendo forma e consistenza alla nostra stessa interiorità e al nostro individuale carattere.

Alla nostra personalità.

E questo succede di necessità, per storica necessità, che piaccia o meno.

Resta da domandarsi, allora, che cosa ragionevolmente un cittadino di Chicago possa dire ad un cittadino di Latina ...

Quale discorso possa essere fatto ed intentato tra i due, se non quello semplicemente umano, in quanto incardinato, appunto, sulla pura e semplice Humanitas.

Che, tuttavia, non è affatto cosa da poco e di poco conto, essendo questo "il discorso" centrale, quello in Essere per eccellenza.

Nonché la base unica sulla quale potere e dovere incardinare la nostra interazione con l'altro, chiunque egli sia e chiunque egli possa essere.

Si tratta di un'interazione legittima ed imprescindibile, che come tale deve poter essere prima di tutto umana.

Quella interagita con "l'Altro Sé" e con "gli Altri Sé", come a questo punto avrebbe ragionevolmente sottolineato Albero Mario Cirese.

Perciò nel corso della mattinata di lavoro in agenzia mi era capitato di ripensare a John e alla sua vita, per quel pochissimo o tantissimo, non saprei, che ero riuscita a capire e ad afferrare di lui.

A carpire di lui.

Sostanzialmente in base ai frammenti del suo brevissimo discorso, alla sua frase e alle sue stesse parole.

In base alle poche e sparute immagini che con una certa sapienza, a dire la verità, lui aveva postato sulla sua bacheca della pagina Facebook.

In particolare, in base ad un paio di suoi ritratti che avrebbero dovuto identificarlo somaticamente agli occhi dei tanti sconosciuti come me.

Perché niente più del nostro volto e dei nostri occhi, in particolare, ha la capacità e la peculiarità, di identificarci individualmente, nell'unicità del nostro individuale Ego, tra miliardi di Altri Ego, di Altri Sé, che esistono e che co-esistono nel mondo.

Che coesistono contemporaneamente a noi, e dunque che coesistono anche nello specchio virtuale del mondo che è ormai, appunto, il Web, Internet.

Il volto di John sembrava essere un volto tranquillo e sereno, come quello di una persona che abbia trascorso la propria vita, fino a quel momento, avvolto nella pura e semplice bambagia.

Circondato da affetti e da attenzioni, fatto oggetto di cure e di conforto, senza tuttavia essere un ragazzo viziato.

Piuttosto, avevo l'idea che le cure e le attenzioni da lui ricevute nel corso della sua infanzia e della sua adolescenza avessero fatto di lui un uomo complessivamente etico, per quel poco o per quel tanto che personalmente ero in grado di afferrare da quadro dell'insieme.

Ma come potevo sapere queste cose?

Come facevo a saperle?

Mi ero domandata.

La verità era che le intuivo, semplicemente, che le intuivo.

La Donna più bella del mondo

Così andavo avanti con il mio lavoro in agenzia che nel frattempo si era fatto stranamente più semplice proprio grazie alla consuetudine, al "Custom" di Humiana memoria.
Perché c'è da dire che questa prassi Princeps che è la consuetudine, la pratica e l'aspettativa, è di importanza fondamentale -nella e per la- nostra vita.
Visto che la semplifica e la rende nei fatti più fluida e più agevole.

Perciò, le mie mattine in agenzia non erano più tanto tese e critiche come prima, tanto radicalmente stressate e stressanti, dal momento che sentivo di essere, e probabilmente pure lo ero, assai più sciolta e di gran lunga più sicura di me, di quanto non fossi stata solo un mese prima.
Mi sembrava un miracolo, per davvero ...
La consuetudine e la pratica implicita che ne deriva, infatti, sembra che ogni tanto ci fornisca inopinatamente delle belle sorprese, mi dicevo allora, alquanto riconfortata.
Sono novelle sorprese, buone nuove, che ci lasciano a bocca aperta e ci confortano facendoci pensare ad un fatto fondamentale.

Che, cioè, noi esseri umani possediamo un grande bagaglio, sedimentato filogeneticamente, che costituisce in assoluto un grande privilegio.

E' un tesoro encomiabile comunque lo si guardi e da qualsiasi angolatura lo si veda, ed è proprio quel bagaglio che riguarda la nostra intrinseca capacità di adattamento al contesto e ai contesti nuovi e inusitati.
E' la nostra adattabilità fisica e psichica, al contempo, rispetto a contesti nuovi e differenti.
Perché costi quel che costi, noi esseri umani abbiamo la fortunata e straordinaria capacità e, dunque, la possibilità di adattarci alla congerie di situazioni nuove e inesplorate, inaspettate, impensabili, inaudite, e perciò mai vissute prima.
E' una capacità, questa nostra, che a pensarci bene ha quasi del miracoloso e del sorprendente.
Pensiamoci un istante, perché quello che dico è vero.

Di conseguenza anche il mio tratto con la clientela in agenzia era evidentemente cambiato, forse all'improvviso, ma questo non saprei dirlo con certezza.
Perché nello stesso tempo, insieme alla mia scioltezza e alla mia fluidità di tratto, era risorto anche il mio sorriso.
Era un sorriso, il mio, che sembrava risorto dalle ceneri come la figura mitica e mitologica della Fenice ...
Era il mio sorriso naturale, quello congenito, legittimo, istintivo e immediato, il mio sorriso spontaneo e vivace di sempre, che è pur sempre stato -chissà se a torto o a ragione- il tratto saliente del mio viso.
La nota realmente bella del mio volto.
Almeno, questo è ciò che gli altri mi hanno sempre detto, parenti e amici, costantemente.

Proprio come quando li sento dire che sono per loro "la donna più bella del mondo" o, per meglio dire, sono una delle donne più belle nel mio paese …

E chissà se c'è del vero in questo loro complimento?
Vorrei proprio sperarlo.
Ma prudenza, però, mi suggerisco, perché questo complimento dovrebbe essere preso con le pinze, giustamente, come una esagerazione voluta di proposito e come una boutade, sì, né più e né meno.
Perché si sa perfettamente che quando si vuol bene a qualcuno si è anche disposti a vedere e a trovare (in lui o in lei) tutti i pregi di questo mondo, nessuno pregio escluso ...
Dunque prudenza, e non ci allarghiamo troppo, per favore ...

Nei fatti, tuttavia, era davvero cambiato in poco tempo il mio rapporto con la clientela dell'agenzia, perché al contempo era mutato anche il mio rapporto con gli altri in generale, con tutti gli altri lontani o vicini che fossero.
Il che costituiva di per sé un fatto imprevedibile quanto decisamente positivo per la sottoscritta.
Era una circostanza, questa, che mi piace associare strettamente all'acquisizione, seppure graduale da parte mia, di una sempre maggiore sicurezza personale, cosa che può ben succedere nella vita, Dio Santo!
Visto che "non tutti i mali vengono per nuocere", come popolarmente si dice.
La mia era in realtà un'attitudine, visto che proprio di questo si tratta, che piano piano cominciava ad affiorare all'esterno e ad essere visibile e tangibile socialmente,

ma che forse covava in me in modo latente e sotto traccia, da chissà quanto tempo.
E improvvisamente, almeno così mi sembrava, era venuta a galla e si era resa visibile e tangibile agli occhi di chiunque, a meno che costui non fosse stato cieco e sordo dalla nascita ...
Come fa il mare quando restituisce ciò che nel suo eterno andirivieni ha raccolto ...

Considerando il fatto fondamentale e indubbio che tutto si palesa presto o tardi e che quello che abbiamo seminato nel tempo, preso o tardi lo raccoglieremo.
E' semplicemente un fatto di pazienza e di perseveranza, ma anche di sapienza, sottolineo, come bene rimarca quell'antico adagio cinese ...
E su questo davvero non ho dubbi.
Per cui, in fin dei conti, debbo riconoscere a me stessa che quel periodo nel quale avevo cominciato il mio lavoro presso l'agenzia di viaggi della mia cara amica Rita, aveva costituito per me un momento apicale di qualche genere.
Un momento globalmente felice e soprattutto di costante costruzione del mio Ego, del mio Sé, nonché di profonda ed incessante maturazione personale.
Eppure, mi dicevo, che non dovevo demordere visto che forse mi ero incamminata su una strada che, sebbene impervia e in salita quanto si vuole, pure potevo e dovevo considerare giusta, valida, e percorribile.

Definitivamente.

L'Occhio luminoso

Eppure, c'era un "però"...

Era un "però" che intravedevo lontano un miglio, chissà perché poi, quasi all'orizzonte appena visibile della mia vita di quel momento.

Era una contraddizione che per qualche insondabile ragione sentivo approssimarsi a grandi passi verso di me.

E questo fatto lo percepivo a pelle, con molto anticipo e lungimiranza.

Perché realmente così stavano le cose.

Visto che quest'uomo sconosciuto, questo tale John che viveva nella remota (rispetto a me) città di Chicago, la grande Urbe cosmopolita novecentesca, moderna e industriale dell'Illinois, si era presentato un bel pomeriggio quasi alla chetichella, molto semplicemente aprendo un canale di comunicazione diretta con me.

Un canale di comunicazione tra me e lui.

Poiché John era entrato con garbo, con tatto, e con molta umiltà nella mia vita, ma a passo deciso e fermo, a gamba tesa, come si dice popolarmente.

Allora di certo io non potevo né saperlo e neppure immaginarlo.

Perché lui aveva allungato verso di me la sua mano
virtuale che è per sua natura fredda, decisa, e precisa,
nel cogliere il suo obiettivo.

Sì, lui aveva teso la sua mano virtuale verso di me che
ero distante da lui mille miglia, migliaia di chilometri in
linea d'aria, e lo aveva fatto letteralmente dal giorno alla
notte.

Per strano che sia e che possa sembrare il fatto.

Aveva bussato alla porta della mia casa "telematica" che
è, lo voglio dire qui chiaramente, anche la nostra porta
mentale o, almeno, uno dei suoi accessi.

Pertanto nel giro di poco tempo lui era diventato nel mio
immaginario, cioè per me Bianca, un pensiero
definitivamente persistente e coriaceo.

Era un'idea portante che resisteva sotto a tutto, occultata
nel profondo del mio animo, allora amareggiato e
solitario.

Volente o nolente.

Era un pensiero di "retroguardia" questo di John,
acquattato in silenzio nel mio immaginario, come una
miccia accesa nel fondo indistinto dei miei pensieri.

Nel sottobosco ombroso del mio animo, in quei giorni.

Come se fosse stata una lucina rossa silenziosa e immota
che restava sullo sfondo indistinto della mia mente e del
mio cuore.

Un'idea apparentemente irragionevolmente ma tuttavia
stranamente persistente nel mio animo.

Un'idea che io stessa mi figuravo come un'inaspettata
ventata di luce che illuminasse con il suo sfolgorio
discreto le mie giornate che avevano acquistato così
all'improvviso un altro sapore, un altro tepore, una nota
diversa e certamente assai più leggiadra.

Una nota di luminosità che poco tempo prima era inesistente nel mio immaginario.

Come quando viene la primavera e noi la sentiamo arrivare in anticipo, prima che la sua luce e il suo iridato splendore comincino a illuminare l'aria e il cielo. Come se fosse stata una lucina rossa discretamente accesa in un angolo della mia stanza, per ricordarmi che in ogni istante sarebbe rimasta lì dove stava, così di vedetta nel mio spazio fisico quotidiano.

Con il suo occhio permanentemente acceso e vigile come un sorvegliante sul tetto, a carpire i miei movimenti uno ad uno, notte e giorno.

Nello spazio confortevole della mia dimora.

Perché pian piano, ogni giorno di più, il mio pensiero correva a John e questo succedeva nei momenti più impensati della giornata, anche quando ero al lavoro in agenzia.

Ma sopratutto questo succedeva quando ero soprappensiero, quando non pensavo a qualcosa di ben preciso e di definito ...

Allora la mia mente andava quasi inevitabilmente ai recenti messaggi di John che accennavano talvolta esaustivamente ai fatti della sua vita quotidiana con puntuale precisione, come se lui fosse stato un amico di vecchia data oppure un familiare, un congiunto.

Non conoscevo i fondamentali della sua vita, questo è vero, ma sapevo a menadito delle sue piccole cose, di quelle cose minute che integravano quotidianamente la sua esistenza vissuta a migliaia di chilometri lontano da Roma e da me.

E sapevo via via, con relativa precisione, i fatti successi a John il giorno prima, come sapevo delle imprese del suo gattino, dei contrattempi del suo lavoro, delle difficoltà insite nel rapporto con la sorella Clara e talvolta anche con i suoi genitori …

Inoltre, questi fatti e questi eventi per quanto sembrassero slegati tra loro e parziali, comunque riuscivano in qualche modo, anche se con tutti i limiti del caso, a fornirmi un quadro sufficientemente vivido e perciò vero e reale della sua vita.

Con il supporto delle parole e con quello delle fotografie nonché con quello dei mini-video che mi inviava quasi quotidianamente via Messanger, per messaggio, John mi offriva e mi forniva volente o nolente un quadro vivido del suo quotidiano informale.

Con l'obiettivo forse cosciente, conscio, o forse no, di mettermi a parte della sua rutine di tutti i giorni, illustrandomi costantemente la sua individuale realtà.

Come se quest'uomo trentenne sostanzialmente sconosciuto, fosse un vicino di casa, un amico di infanzia, un fratello o un cugino.

Anche se lui viveva a Chicago ed io a Roma, sentivo in qualche modo, ugualmente, di essere entrata nella sua esistenza, quasi, quasi, senza accorgermene.

E adesso, ora, conoscevo e sapevo molte cose di lui.

Anche se personalmente non lo avevo mai visto e non avevo la minima idea di chi realmente fosse quest'uomo.

Al quale pure continuavo a pensare, immaginando una futura possibile conoscenza diretta tra noi.

Il Tranello della Solitudine

Non era un fatto che riguardasse personalmente John, proprio lui nello specifico.
No, non credo proprio, anche se potrei sbagliarmi.

Perché il mio nuovo amico nordamericano di Facebook c'entrava solo in parte, solo marginalmente, in questa mia attrazione globale nei suoi confronti, nell'interesse esagerato che in quel mentre nutrivo e forse mostravo per lui.
In quanto oggetto unico del mio crogiolami appassionato e dannato in amorevoli pensieri.
In quell'idea che faceva capolino alla chetichella nella mia mente proprio nei momenti più impensati ed impensabili della giornata.

Chiaramente, quando non ero strettamente impegnata, quando non ero alle prese con un cliente in agenzia nel corso della mattinata di lavoro, oppure in un qualsiasi altro momento che non implicasse una reiterata concentrazione e un'attenzione specifica da parte mia.
Però, quel pensiero costante e "sommerso" che assumeva definitivamente i tratti somatici di John, ecco, quel pensiero fisso, veniva finalmente alla luce e risorgeva dalle sue ceneri come un uccello mitologico,

nei lassi temporali nei quali mi concedevo una tregua dal lavoro e dallo studio.

Nei momenti in cui mi concedevo, cioè, una meritata pausa, un "break", dalle varie attività mentali quali che fossero, tanto quelle di lavoro che quelle di studio.

Eppure quell'idea persistente, anche se sommersa e camuffata quanto si vuole, affiorava -e riaffiorava- puntualmente nella mia mente, in particolar modo appunto quando ero soprappensiero, come si suol dire.

Allora, il mio sguardo si appuntava fissamente -ma pur sempre oziosamente- su un oggetto che poteva essere presente e visibile tanto nella stanza in cui mi trovavo che all'aperto, e da lì partiva e prendeva corpo e sembiante il pensiero per John.

Un pensiero accompagnato inevitabilmente dal ricordo vivido e quasi tangibile del suo viso, del suo bel viso, lo sottolineo ...

Un volto fresco sul quale faceva capolino una spettinata frangia di capelli lisci biondo-ramati che aveva il vezzo di occultare uno dei suoi occhi e parte della sua spaziosa fronte.

Lasciando intatto però il suo sorriso, la fila perfetta di denti bianchissimi e regolari da uomo del Lontano West ...

Perché mai, mi chiedevo, il mio nuovo amico di Facebook mi aveva contattata sul Social Network senza neppure conoscermi virtualmente e senza che tra me e lui ci fosse un qualche anello intermedio.

Un qualche anello di congiunzione, un nesso, ovvero un amico "virtuale" in comune?

Perché, come mai?

Questo mi chiedevo, ben sapendo che tra tutte le domande possibili questa era forse la più enigmatica di tutte.
C'era da aggiungere, inoltre, il fatto che John non faceva parte di nessun gruppo al quale avessi aderito e con i membri del quale interagissi virtualmente, anche perché la sua pagina di profilo era in lingua inglese mentre la mia era in italiano ...

Dunque, anche questa era un'evenienza da escludere tassativamente, quella, cioè, dell'esistenza di un Trade Uniòn tra me e lui.
Rimaneva perciò il mistero "misterioso" che era quel Quid mancante che occultava il motivo che pure doveva esserci evidentemente, in virtù del quale John mi aveva notata e dunque contattata pochi giorni prima.

Certo, io non avevo mai visto John in vita mia prima di allora e oltretutto proprio il fatto che vivesse stabilmente in un altro continente ci avrebbe impedito, pensavo, qualsiasi approccio diretto e reale.
La lontananza geografica abissale ci avrebbe impedito l'evenienza di qualsiasi approccio "reale", di qualunque contatto che non fosse puramente virtuale.
Almeno per il momento.

Ecco, proprio in ragione di tutto questo, mi domandavo che cosa celasse tanto afflato da parte mia nei confronti di John.

Si trattava di un Incipit di passione, evidentemente, che sembrava da parte mia non essere soltanto fisica ma anche psichica, quella che evidentemente sentivo per lui. Forse questo "mistero" potevo in qualche modo spiegarmelo, perché a pensarci bene il mio interesse nei confronti di John era più che comprensibile, almeno umanamente parlando.

Perché in fin dei conti si trattava di un modo con cui il mio inconscio placava quella solitudine che negli ultimi tempi aveva fustigato tanto intensamente la mia vita e che adesso mi era diventata addirittura insopportabile.
Tanto da non riuscire più neanche a tollerare, come vi dicevo, i discorsi generici e apparentemente oziosi di coloro che avevano una vita socialmente "normale".
Di coloro che vivevano una vita affettiva in tutto simile a quella di miliardi di altre persone nel mondo.

Visto che quando sentivo fare questi discorsi dalla viva voce della titolare dell'agenzia, della mia cara amica e datrice di lavoro, Rita, mi imponevo di non udirli neppure ...

Perché proprio questa era la situazione psicologica nella quale mi trovavo in quello strano e confuso periodo della mia vita di donna trentenne.

Chicago

Tutto questo succedeva tempo prima che io cominciassi a scrivere compiutamente qualcosa che avesse le sembianze di un romanzo.

Per intenderci, era proprio quel periodo in cui facevo ostinatamente quel sogno criptico ma costante, quel sogno-archetipo di stampo Junghiano, delle "mie case sconosciute" di cui vi ho parlato in precedenza.

Quel sogno quasi paranoico e comunque reiterato del quale realmente, come vi dicevo, non riuscivo a spiegarmi né il senso e neppure il significato.

Sebbene un significato -anche piuttosto preciso- questo sogno, proprio in quanto continuato e continuativo, in cuor mio ritenevo che dovesse pur averlo.

Almeno questo ero ciò che allora pensavo, in quei giorni.

Quindi, mentre ero alle prese con il mio lavoro presso l'agenzia di viaggi di Rita e mentre mi baloccavo negativamente, debbo riconoscerlo, intorno al senso di solitudine che mi affliggeva profondamente e che si dipanava come un nastro nero lungo il corso della mia vita di trentenne single con un futuro davanti a sé che ogni giorno che passava mi sembrava sempre meno luminoso e sempre meno radioso di quanto avessi sperato, ecco che in quel periodo era spuntato come per incanto quest'uomo.

Questo affascinante trentenne che presumibilmente ritenevo dovesse essere mio coetaneo.
Andando a lume di naso e a occhio e croce, almeno.
Andando a spanne ...

E proprio in quel periodo non certo esemplarmente felice della mia vita, ecco che da dietro alle quinte della virtualità telematica, sortito ex Nihilo dalle pagine allegre e superficiali del più diffuso Social Network del mondo, come una paloma bianca volata via dal cilindro dell'illusionista, ecco che proprio da lì era spuntato John.
Nottetempo.
Il giovane italo-americano di stanza nello Stato dell'Illinois, nel Nord-Est degli Stati Uniti e residente nella grande città ex-industriale di Chicago.
Niente di meno.

Nella moderna Chicago, che era stata a suo tempo la sede delle fabbriche della General Motors, quindi il polo industriale-automobilistico per eccellenza dell'America produttiva degli Anni Quaranta, Cinquanta, e Sessanta, del Novecento.
Una città sorta prevalentemente come polo produttivo, quello che avrebbe sostenuto economicamente il "sogno americano" del benessere diffuso massivamente.
Era l'American Way of Life di cui gli Stati Uniti del secolo scorso, gli Usa, si vantavano come di un loro

peculiare primato e di una loro conquista socio-economica e insieme culturale, nel mondo.
Quel Sogno Americano del benessere rampante e diffuso, divenuto realtà per migliaia di cittadini statunitensi, nel bene come nel male.
Perché questo succedeva nel secolo scorso, nel Ventesimo secolo.
E Chicago resta oggi una città di tutto rispetto che suppongo appaia imponente e maestosa e che, pur non avendola mai vista, chissà perché facilmente la potevo immaginare.
La potevo immaginare, sì, come se l'avessi visitata di sfuggita, quella città lontana migliaia di chilometri da Roma.

Ma questi sono altri misteri.

Tuttavia c'è da dire che, da quando John era entrato nella mia vita qualcosa era cambiato -per me e in me-, come vi dicevo.
Perché in fondo si trattava di un cambiamento di orizzonte di vita.

E hai voglia tu a dire che si trattava solo di un fatto virtuale e non reale …
Hai voglia a dire …

Perché si trattava di un'apertura di orizzonti che, come tale, era certamente di per sé un fatto virtuale ma che trattandosi, appunto, di un'idea era pur sempre contestualmente "vera".

E qui, vorrei aprire un inciso, un appunto en passant, visto che a ragion veduta potrebbe chiarire l'ambito stesso della virtualità nonché i suoi limiti.
Considerato il fatto che il piano virtuale rappresenta un ambito pienamente ideale in quanto sostanzialmente immaginario e immaginifico, cioè Meta-fisico nel senso Aristotelico del termine.

Dunque, l'ambito virtuale che si esprime su un piano che potremmo definire "Metafisico" si lega per sua stessa natura strettamente all'Idea che noi abbiamo della nostra esistenza e del suo orizzonte.
Poiché il nostro "orizzonte" di vita rappresenta plasticamente l'Idea con cui noi ci poniamo di fronte al mondo, alla società, e a noi stessi.

Visto che tale "orizzonte" si connette alle aspettative che noi nutriamo nei nostri stessi confronti allorquando ci misuriamo, fuori di metafora, con il mondo e con la Storia.
Evidenziando ai nostri stessi occhi con quale spirito e con quali modalità ci poniamo di fronte al mondo e alla società, nella nostra vita storica di individui, di persone, di esseri umani.

Fatta questa premessa, è più facile comprendere come l'entrata di John nella mia esistenza attraverso la porta del Web e mercé il canale virtuale di Facebook, avesse comportato Sic Stantibus un cambiamento nel senso di un ampliamento del mio stesso orizzonte personale.
Cioè dell'orizzonte della mia individuale esistenza.
Almeno socialmente, spazialmente, e geograficamente.

E come, da quel momento in poi, proprio con l'intensificarsi della nostra frequentazione virtuale divenuta via, via, più abituale e quasi familiare a partire da un certo momento in avanti, anche il mio senso di solitudine, come per magia, si fosse dissipato e si avviasse a scomparire del tutto dal mio animo.

Perché tale era concretamente la ricaduta positiva della presenza di John nel mio immaginario quotidiano.

Una presenza bella e confortante per me, indubbiamente, diventata gradualmente sempre più assidua nelle mie giornate.
Una presenza che si mostrava, perciò, vieppiù precisa e puntuale, nonché reale.

Perché bisogna chiaramente dirlo, questo.
Anche per spiegare la ragione di quel senso di relativa pienezza sociale e mondana che mi confortava in quei giorni, come se fosse stata una benedizione divina.
Come se fosse stata la traccia visibile della presenza sentita, intuita, ed esperita della Divinità, la quale offre conforto e refrigerio morale al Mistico e al Guru di tutti i tempi.

Visto che il piano Metafisico è assai più prossimo a noi di quanto noi stessi potremmo mai credere e lontanamente immaginare.
Nonostante il vivo senso della mondanità e della fisicità, della somaticità, che ci anima intrinsecamente a partire dal nostro primo giorno di vita.
E visto che, nel mio caso, sentivo come vera e dunque come reale a tutti gli effetti la presenza di John nella mia

esistenza, in Primis proprio in quella quotidiana e giornalmente vissuta.

E questa circostanza, a mio parere, spiega bene due cose fondamentali.

La prima, che è quella che attiene al successo planetario dei Social Network e di Facebook in particolare.
La seconda, che è quella che concerne, invece, la rilevanza nonché la consistenza del nostro stesso orizzonte esistenziale.

Analizzato in relazione al nostro senso di solitudine o, viceversa, a quello della nostra pienezza umana e sociale.

Il Convitato di Pietra

John era diventato via, via, dunque, una presenza costante e rilevante nella mia vita.

Come se autonomamente e in solitaria determinazione, io stessa lo avessi eletto a fidanzato e a futuro compagno dei miei giorni a venire.
Eppure, lo ripeto ad onta di ogni inganno, questa era soltanto una mia idea personale, assolutamente unilaterale nonché puramente fantasiosa.
Sì, proprio così, f a n t a s i o s a.
E questo lo debbo premettere con chiarezza, senza tema di smentirmi.
Neanche un poco.

Perché il mio rapporto con lui era, in realtà, unicamente ed esclusivamente amicale e niente altro.
Badate bene, perché questo aspetto della vicenda è importante.
Pur essendo a suo modo, in modo virtuale cioè, un rapporto assiduo e costante, quotidiano e anche pluri-quotidiano, era comunque una relazione nata e continuata sotto il segno della pura e semplice amicizia.

Non che l'amicizia sia cosa di poco conto, non voglio affatto dire questo, ci mancherebbe ...
Visto che da parte mia non intendo affatto disprezzare una condizione, qual'è quella amicale, che resta pur sempre foriera di umane soddisfazioni e di affetti pacati e profondi.

Perché tutto il resto, ciò che esorbitava dalla nostra pura e semplice amicizia virtuale, era semplicemente il prodotto ottativo della mia fantasia.
Era il mio prodotto solipsistico e immaginario che, come tale, non aveva niente a che spartire e niente a che vedere con la realtà fattuale delle cose.

La gentilezza, la discrezione, la sensibilità, l'umana disposizione all'altrui comprensione da parte di John, mi apparivano come le sue principali doti etico-morali che ritenevo essere peculiari della/alla sua persona.
Queste doti etiche mi apparivano come le caratteristiche salienti e certamente innegabili di questo sconosciuto trentenne del quale in definitiva ben poco sapevo al di là di un pugno di fatti e di "fattarelli" nonché di pochi dati palesati dalla -e sulla- sua pagina di profilo Facebook.

Palesati anche mercé le sue generiche parole, quelle che avevamo modo di scambiare attraverso la pratica dei messaggi pluri-quotidiani formulati in tempo reale su Facebook, come tutti sappiamo.

Considerato oltretutto il fatto "grave" che all'epoca ignoravo completamente la possibilità offerta dallo stesso Social Network di fare regolari chiamate telefoniche intercontinentali, oltretutto a costo zero.

E suppongo che anche John ignorasse tale possibilità.
Almeno, lo voglio supporre .

Dunque, io e John ci scrivevamo semplicemente dei messaggi, aggregando ad essi come una ciliegina sulla torta, tutto il corredo della simbologia adolescenziale che Facebook contempla e offre -a piene mani- ai suoi utenti.
Una simbologia "elementare", fondata sugli stati d'animo minimali che ci riporta automaticamente e inevitabilmente ad una fase pregressa della nostra vita che a trent'anni normalmente abbiamo tutti abbandonato e superato da tempo.

Gli "Emoticon", appunto, le faccine colorate e i cuoricini rossi ...

Perciò, personalmente, mi ero trovata a fare un imprevisto quanto imprevedibile salto tanto nello spazio geografico che nel tempo storico.
Al salto spaziale laterale, quello verso Ovest, avevo aggiunto anche un personale salto all'indietro nel tempo, andando a parare ad un'epoca della mia vita che mi sembrava remota quanto la luna nel cielo di mezzogiorno ...
Così almeno io la vedevo.

E se non fosse stato per il fatto di vivere quei giorni con la mente annebbiata e obnubilata da questa evanescente infatuazione, mi sarei prontamente accorta di tutto ciò e mi sarei data un'energica e istantanea "svegliata".
Una "svegliata", come si dice in slang popolare romanesco.

"Surgi, Surgi, Bianca!"
Mi sarei detta senza esitazione, damblè, perché è molto pericoloso vivere così, camminando a mille metri sopra terra.
"Rimetti i piedi per terra!"
Questo mi sarei detta ...

Se non fossi stata avvolta, invece, dalla pura e semplice fascinazione per quell'uomo italo-americano dallo sguardo romantico e dal sorriso ammaliatore.

Perché so con relativa certezza che è davvero infausto o, almeno, che è certamente controproducente vivere nella bolla argentata di un sogno "estrogenato".
Volare sulle ali impalpabili di un sogno sorretto dallo slancio fisico-ormonale del tutto legittimo, per carità!, ma che non sai né puoi sapere dove mai ti condurrà.
Dove andrà a parare il tuo sogno, verso quali deludenti e amari lidi ti incalzerà per poi abbandonarti in panne, come una naufraga derelitta.
Come Arianna sull'Isola di Samo ...

Perché, dopo averti preso fiduciosamente per mano e averti accompagnata verso quei lidi impervi, inusitati, inaspettati e inospitali, in quei luoghi ti farà approdare lasciandoti in pasto alle onde marine ...
Insieme al tuo sogno di vanagloria, vissuto in triste e solitaria meditazione.

John era il mio convitato di pietra, dunque.
Visto che la sua innominabile esistenza nessun altro la conosceva, fuorché io stessa.

Visto che lui aveva preso a vivere accanto a me e con me, segretamente custodito nelle stanze della mia mente e del mio cuore, gelosamente nascosto come se fosse stato un'antica e venerabile reliquia posta al centro della Sancta Sanctorum di una chiesa cristiana.

Il suo regno immateriale -e virtuale- risiedeva nell'idea e nell'ideale che intorno a lui (e di lui) io stessa avevo cesellato nel corso dei giorni e dei mesi, ritessendo il suo profilo nei miei sogni di "sentimentale gloria", come se fosse stato un fiore colorato sortito dal telaio notturno della greca Guné Penelope.

John era diventato il mio convitato di pietra, quindi. Stabilmente assiso al centro della mia vita.

Invisibile, onnipresente, e persistente.

Realtà e Virtualità

Posso dire, in definitiva, che in quel periodo vivevo da un lato una vita virtuale -e ideale- piena e soddisfacente, mentre, dall'altro, trascorrevo mio malgrado una vita reale grama e insoddisfacente.

Il contrasto tra Realtà e Virtualità, tra mondo reale nudo e crudo e mondo immaginario e immaginifico che è propriamente quello virtuale, era non soltanto evidente ai miei occhi ma era quanto mai empiricamente tangibile, a partire proprio dalla mia stessa quotidianità.

Perché questo iato incolmabile personalmente lo sentivo, lo vedevo, lo soffrivo, e lo pativo, quotidianamente.
Tale contrasto lo esperivo con amarezza e non senza contraddizioni sulla mia viva pelle e nel profondo del mio cuore, del mio animo.

Insomma, questo strano fatto -ma neppure poi tanto "strano"-, rinforzava in me sempre più l'idea di una divaricazione sostanziale tra questi due distinti piani, che soltanto la nostra abitudine trentennale riesce in qualche modo a far convivere e a fare coesistere pacificamente, senza schizofrenici contrasti interiori ...

E qui di nuovo mi ritrovo a lodare la saggezza e la lungimiranza dell'idea del "Custom" di Humiana memoria, inteso come prerogativa esistenziale prima che cognitiva.

La mia personale esperienza di tutto ciò, infatti, mi suggeriva l'esistenza di un profondo iato, incolmabile ma tangibile, tra questi due piani che sono a buon diritto da considerarsi come globalmente esistenziali.
Piani che, pur essendo coesistenti in seno alla nostra stessa vita, esprimono de Facto tra loro una distanza che definirei siderale.
Anche se, appunto, essi convivono nel nostro "Custom" senza apparente discrasia.
E oggigiorno, convivono anche nel nostro rutinario Cotidie.

Eppure, mi domandavo, che cosa avrei fatto io se non ci fosse stato, se non fosse esistito, questo mondo virtuale nelle braccia soporifere e spensierate del quale riparare e francamente fuggire?
Rifuggire ...
Nel quale riparare "moralmente" in qualsiasi momento della vita e al quale aggrapparmi mio malgrado con le unghie e con i denti, allontanando parzialmente la Realtà così com'è, così come si presenta ...

Che cosa avrei fatto io, in assenza del "mio personale" spazio virtuale?
Come avrei potuto controbilanciare interiormente i contraccolpi inferti alla mia vita dalla fredda ed impietosa -e ampiamente cinica- Realtà?

Visto che sovente il mondo reale si mostra deludente se non ingiustamente spietato nei confronti dei nostri individuali destini e dunque nei nostri stessi confronti.

E visto che, effettivamente, in quei giorni lontani tale esso mi appariva in tutto il suo sibillino e insostenibile cinismo.

Come avrei vissuto in assenza del Web, in assenza di Internet, la mia vita?

Questo mi domandavo, impietosamente.

Oppure forse, proprio in ragione dell'assenza del Web, avrei tentato di potenziare la mia personale esistenza, quella vera e reale?

Così mi rispondevo, con un'altra domanda ancora ...

Ne parlavo tra me e me, come se fossi stata (e probabilmente lo ero) una donna ampiamente sfiduciata e ormai amareggiata dalla vita.

E questo succedeva sempre, quando aprivo la porta di casa di ritorno dall'agenzia, nel primo luminoso pomeriggio.

E poi, mentre accendevo il computer che troneggiava sul mio scrittoio come il Mausoleo di Adriano a Roma.

E poi mentre di nuovo mi rifugiavo Sic Stantibus nel mio fiorito mondo virtuale popolato di digitali fantasmi sorridenti ...

In quel mondo ir-reale e Meta-fisico nel senso Aristotelico del termine, che costituiva per me il luogo di abbandono degli ormeggi e degli scudi, di storica e di lirica memoria ...

Quel mondo virtuale nel quale esiste ed è dominante l'abbondanza dei beni, la parità di tutti e di ciascuno.

Perché il mondo virtuale rappresenta un modello di mondo privo barriere, di confini geografici e politici.

E' un mondo poliglotta il mondo virtuale, nel quale vige una libera quanto infinita creatività.
Fatti che costituiscono di per sé una Summa di Desiderata.
Un sogno che fa il paio soltanto con un altro sogno forse ancor più dirimente, che è quello dell'eternità della nostra stessa vita fisica e mondana.

Visto che di questo si tratta e visto che queste sono alcune delle prerogative della virtualità, Olisticamente intesa come sistema di elementi e di regolarità e come campo di forze.

E queste sono alcune delle prerogative della virtualità concepita e intesa come "sistema e come orizzonte".
Sono evidentemente quelle prerogative che soprattutto ci ammaliano, ci affascinano, e che ci commuovono.

Possiamo dire, perciò, che la virtualità si configura non soltanto come mezzo, come Medium, come strumento.
Ma che si configura anche come Contesto e come Orizzonte.
Come uno specifico Piano dell'Esistente, come un Universo a sé stante.
Insondabilmente separato dalla Realtà fattuale ma pur sempre, tuttavia, a noi accessibile.

Il Potere e le Ideologie

Nel saggio "Altri Sé. Per una antropologia delle invarianze" (Palermo 2011), Alberto Mario Cirese scriveva quanto segue a proposito del post-anti-etnocentrismo.

" E' noto che l'atteggiamento etnocentrico è quello che assume la propria cultura come unità di misura per la valutazione delle culture altrui.
Questo era l'etnocentrismo secondo colui che per primo l'ha definito, e cioè Sumner.
Etnocentrico, attenzione, non è il fatto che non mi piacciano i cibi altrui, ma l'assumere che i miei gusti gastronomici siano la norma, il giusto.
E' chiaro che anche il nostro metro deve essere sottoposto a misurazione.
Ma alla misurazione di chi? Di che cosa?
Può essere de-martiniana, l'anamnesi, ossia lo sforzo di sprofondarsi nella storia della propria cultura fino ad andare a toccare il punto in cui è avvenuta la diramazione.
O può essere, come a me piace più pensare, lo sforzo di levarsi verso un linguaggio meta-culturale, tale cioè che sia capace di parlare tutte le lingue, anche la mia, che dunque viene fatta oggetto, cessando di essere lei a

volersi fare metalinguaggio nei confronti delle culture altrui."

Dunque, "l'Atteggiamento etnocentrico" non consiste semplicemente, scriveva Alberto Mario Cirese in questo passaggio, in un'individuale quanto generica preferenza per qualcosa piuttosto che per qualcos'altro.
Non si tratta di un'opzione soggettiva frutto di un'inclinazione individuale tesa ad esprimere un giudizio di valore personale a vantaggio di qualcosa e a detrimento di qualche cos'altro.
A partire dal semplice punto di vista personale del singolo Ego.
Non si tratta della preferenza soggettivamente accordata ad un cibo X piuttosto che ad un altro Y, ad un cibo italiano piuttosto che a un cibo messicano, come scriveva altrove nel medesimo saggio Alberto Mario Cirese.
No, niente di tutto questo.

L'Etnocentrismo non consiste, infatti, in una simile opzione e in tale tipologia di scelta critica, almeno così come è stato espresso dal suo teorico, William Graham Sumner.
L'Etnocentrismo consiste invece nella determinazione culturale individuale -ma soprattutto collettiva- di giudicare le altre culture storicamente esistenti a partire dalla propria, analizzandole e valutandole esclusivamente alla luce e in base ai parametri valoriali e alle categorie ideali espresse dalla propria cultura di riferimento.

Visto che nell'Etnocentrismo, inteso tanto come ideologia che come atteggiamento, la nostra cultura/civiltà di partenza viene assunta oggettivamente come la "norma", come la cultura/civiltà "giusta", indiscutibile ed indiscussa, corretta e sensata.
Tanto da divenire essa stessa, cosa fondamentale, il parametro esemplare e perciò "normativo" con il quale, appunto, giudicare tout-court le altre culture/civiltà esistenti.
Nel caso dell'Etnocentrismo è proprio a partire dalla nostra cultura d'origine considerata "parametrica" che noi esprimiamo un giudizio di valore su tutte le altre culture vicine o lontane che siano.

E' evidente, quindi, come l'atteggiamento etnocentrico rappresenti ed esprima un'impostazione storico-filosofica fondata sul primato ideale e ideologico dell'Occidente Europeo e di quello Anglo-Statunitense e come questo atteggiamento sia stato in epoca coloniale la testa di ariete per suffragare e per sostenere in senso valoriale e etico-morale il dominio politico ed economico -e culturale- dell'Occidente sul resto del mondo.

L'Etnocentrismo filosofico si è accompagnato fin dall'inizio con l'evoluzionismo d'impronta Darwiniana.

Si trattava, nel caso del darwinismo, della concezione relativa all'evoluzione biologica-adattiva delle specie naturali trasferita opportunamente, volente o nolente in questo caso, dal piano strettamente scientifico-biologico a quello storico-filosofico e dunque culturale e valoriale.

Dall'ambito biologico-naturale della selezione delle specie animali e vegetali ai fini dell'adattamento delle medesime ai rispettivi contesti ecologico-ambientali, il darwinismo evolutivo è stato trasposto nell'ambito prettamente culturale, quello relativo al percorso storico delle Civiltà.

In direzione di un cammino che doveva idealmente -e inevitabilmente- concludersi nell'assunzione del modello storico espresso dal mondo occidentale e dalla civiltà europea in particolare, quella vigente nel diciannovesimo e nel ventesimo secolo della nostra era.

Considerando la circostanza determinante che dietro all'Etnocentrismo, che non era -e che non è- soltanto un atteggiamento semplicemente individuale e perciò isolato, militava invece, di converso, una dottrina storico-filosofica agguerrita e pervicace, ferrea e discriminatoria, essenzialmente parziale ed evidentemente aprioristica.

Una dottrina "fideistica" in senso laico, che è servita storicamente a porre in essere e ad avallare ideologicamente le premesse "ideali" del dominio politico ed economico storicamente espresso dall'Occidente europeo e anglo-statunitense sul resto del mondo.

Dal dominio coloniale che si è dato effettivamente a partire dalla seconda metà del XIX secolo, dal congresso di Berlino un poi, fino all'imperialismo Usa successivo.

Si tratta del dominio coloniale e successivamente imperiale e imperialista.

E apro qui un inciso, visto che tale dominio politico, militare, ed economico, non è ancora finito e che non si è ancora dissolto, com'è peraltro evidente ai nostri giorni.

Quel dominio "imperiale e imperialista" che a tutt'oggi resiste storicamente pure se per forza di cose è stato ridimensionato e parzialmente circoscritto dalla Storia stessa, almeno nella sua forma strettamente "coloniale".

Lasciando scoperta e attiva, però, la sua matrice imperiale.

Il suo osso duro, quello armato e violento, quello oltremodo impositivo.

Presumibilmente più pericoloso ed esiziale rispetto all'antico colonialismo, proprio a fronte degli equilibri geo-strategici globali.

Perché è proprio a partire dalla concezione e dall'atteggiamento etnocentrico, che si palesa la sostanziale connessione storica tra le Ideologie e il Potere.

Visto che il potere politico-militare e quello economico-finanziario -in tandem- assumono e plasmano di sé quelle ideologie che favorevolmente lo giustificano e lo sostengono, storicamente e meta-storicamente, e che dal potere medesimo traggono il loro fondamento nonché il loro costante nutrimento.

Quelle ideologie che sono espresse e utilizzate a beneficio del potere stesso, per crearlo, per sostenerlo e per sostentarlo.

E per giustificarlo a parte Ante.

Si tratta di quelle concezioni che rendono possibile al Potere non soltanto la sua fondazione, ma la sua stessa sopravvivenza, il suo graduale potenziamento, e il suo temporale sostentamento.

Quelle concezioni sistematizzate e formalmente strutturate in ideologie e in individuali -atteggiamenti e convinzioni- che favoriscono l'accrescimento del consenso al Potere stesso e alle sue scelte, alle sue impopolari linee direttive.

Anche alle più estreme, come la Storia ci palesa e ci conferma senza ombra di dubbio.

Quelle ideologie e quegli atteggiamenti individuali che lo impermeabilizzano, blindandolo nella sua stessa forza, pure se nei marosi impensati ed impensabili della Storia medesima.

Alludo qui al Potere inteso come Istituto, come Istituzione, come assetto globale.

Il Potere politico-militare ed economico-finanziario che alberga nel suo seno una struttura organizzata e coerente tale da giustificare sé stessa e il suo stesso operato agli occhi del mondo.

Un operato espresso nel dominio continuato e costante sull'insieme di uomini e di cose, di fatti e di eventi, ad esso storicamente sottoposto e soggiacente.

Il Post-anti-etnocentrismo

"Ecco il punto", osservava Albero Mario Cirese qualche pagina più avanti nello stesso saggio (Palermo, 2011).

"Alla scoperta dell'etnocentrismo (così forte tra i "primitivi", studiando i quali appunto Sumner lo scoprì) s'è poi accompagnata una fortissima svalutazione della nostra cultura colonialista, oppressiva, espansiva, tutte colpe che certo ci sono state.
Ma se tutte le culture hanno la loro validità, possibile che solo la nostra non ne abbia alcuna?
Sapendo, come ormai ben sappiamo, che non deve essere lei, la nostra, a farsi metalinguaggio per parlare delle altre culture, non è arrivato forse il momento che anche la nostra civiltà ritrovi il posto che le compete?".

Nella Storia, certamente.

Perché la cultura occidentale con il passare del tempo, dopo circa un secolo e mezzo dal Congresso di Berlino, si è andata liberando dei suoi pregiudizi più retrivi espressi in epoca coloniale, soprattutto in senso etico-morale, sulle culture "altre".
La cultura europea si è gradualmente affrancata dai molti pregiudizi Demo-etno-antropologici che ne

conseguivano, perdendo quel carattere puramente etnocentrico e metalinguistico che la identificavano in senso negativo.

Così la cultura dell'Occidente ha gradualmente cessato di essere espressione paradigmatica e normativa nella valutazione delle culture planetarie, in una sorta di metalinguaggio di tutte le civiltà "altre".

Dunque, si domandava a questo punto Alberto Mario Cirese, perché mai la nostra cultura europea e occidentale non viene analizzata come si analizzano tutte le altre culture?

Proprio questo sembrava, infatti, essere il punto fondamentale del problema, quello che a buon diritto Alberto Mario Cirese chiamava "il Post-anti-etnocentrismo".

Visto che, dal momento che la nostra cultura/civiltà non svolge più un ruolo storico e culturale di tipo metalinguistico, mercé il quale valutare le culture e le civiltà "altre" partendo da sé medesima, allora perché si chiedeva l'Antropologo, non considerare anche la nostra cultura alla stregua di tutte le altre, al pari di tutte le altre culture e civiltà?

Osservandola e esaminandola, cioè, nei suoi pregi e nei suoi difetti che sono inevitabilmente compresenti in seno alle culture e alle civiltà storicamente date e in quanto tali.

E' mai possibile, si chiedeva l'Antropologo, che ad una analisi distaccata e oggettiva, soltanto la nostra cultura appaia totalmente priva di aspetti positivi?

Si domandava in queste pagine Alberto Mario Cirese,
con un misto di stupore e di riprovazione.
Perché la critica netta dell'Etnocentrismo culturale di
matrice europea e Occidentale ha storicamente condotto
ad un evidente capovolgimento della situazione.
Ad una sorta di strano capovolgimento "karmico" delle
sorti.
Apparendo, la Cultura europea e occidentale, come la
"peggiore" del mondo.

In che misura questo è vero oppure falso?
Perché questa sembra essere effettivamente una
posizione teorica estrema e probabilmente ingiustificata
in assoluto.

E qui, a questo punto, entra in gioco il concetto
formulato dall'Antropologo.
Si tratta di un concetto dirimente perché è esplicitato in
palese contrasto e in evidente contrapposizione con la
vulgata dotta contemporanea e tuttora vigente che, sulla
scorta degli errori di stampo "etnocentrico" commessi
dalla cultura dell'Occidente, certamente in gran parte
veri e fondati, si ostina a vedere comunque tutto il
negativo storicamente possibile in seno alla nostra
cultura e alla civiltà occidentale di riferimento.

E' proprio qui, proprio a questo punto del discorso, che
si palesa da parte di Alberto Mario Cirese il concetto di
"Post-anti-etnocentrismo" notoriamente formulato quasi
ovunque nella sua Opera.

Se storicamente, infatti, all'Etnocentrismo europeo il
mondo delle discipline Demo-etno-antropologiche, nella

seconda metà del Novecento, ha reagito imputando alla concezione in auge nell'Occidente coloniale la pecca etnocentrica, tacciando cioè la cultura europea di quegli attributi negativi ai quali inevitabilmente accenna qui Alberto Mario Cirese, ebbene, una volta dismesso l'abito "metalinguistico e normativo" da parte della cultura occidentale, possiamo ben procedere ad una disamina più equa e più imparziale della nostra stessa civiltà.

Considerato il fatto che al pari delle altre culture storicamente esistenti e almeno in linea di principio, la Civiltà occidentale non dovrebbe avere esclusivamente difetti ma anche pregi.

Allora si dice, enucleiamo questi pregi, rendiamoli manifesti, esprimiamoli!

Tale aspetto viene sottolineato in senso certamente retorico ma puntiglioso da Alberto Mario Cirese proprio in questo passaggio, a leggere bene.

Sottolineando da parte sua la necessità del "dopo".

L'urgenza del "post" storico, relativamente alla pur legittima critica formulata e mossa nei confronti dell'etnocentrismo culturale, espresso un secolo fa dall'antropologia coloniale soprattutto da quella di matrice britannica, e diventato nel bene come nel male anche un atteggiamento individuale radicato e in parte tuttora esistente seppure marginalmente.

Tutto sacrosanto e tutto vero, certo, quello che si dice qui sull'etnocentrismo europeo e occidentale espresso dogmaticamente soprattutto in epoca coloniale.

Un'epoca passata e superata da tempo, almeno in senso cronologico stretto.

Un'epoca che, come tale, ha lasciato spazio ad un'altra concezione della nostra cultura e della nostra civiltà intese come espressione storica peculiare di un Ethos, e non più concepita in senso paradigmatico e metalinguistico, come parametro e come "norma" universalmente valida di giudizio.

Pensata, invece, come una delle tante culture storicamente esistenti sulla faccia della terra.

E adesso è giunto il momento di fare una disamina critica, che sia sensata e imparziale in senso pieno della nostra civiltà, per additarne quegli aspetti positivi che dovranno e che debbono pur esserci.
Che debbono pur sempre esistere.

Come per tutte le altre culture e per tutte le altre civiltà storicamente date.

Il 1968

Sembra certamente esistere nella cultura occidentale e in particolare in quella europea, uno scetticismo evidente che è tuttora presente e diffuso nei confronti del nostro passato storico, in generale.
Sembrerebbe quasi trattarsi di una sorta di umiltà voluta, cercata, e scientemente sottolineata, nei confronti del passato culturale della Civiltà Occidentale nel suo insieme, nel suo storico e valoriale complesso.

Questo atteggiamento è chiaramente evidente proprio in Italia, a mio avviso, visto che esso sembra talmente diffuso e palese tanto da costituire quasi, quasi, quel portato storico di "Anti-etnocentrismo" di cui a ragione parlava Alberto Mario Cirese.

Si tratta in questo caso di un atteggiamento molto simile alla negazione ideale e ideologica operata dall'Etnocentrismo storico, che consisteva in quell'idea di "normatività e di primato", in quell'idea prettamente "metalinguistica" della Cultura occidentale ed europea in particolare.
Quell'idea che ha caratterizzato nel corso del XIX e del XX secolo, soprattutto, l'ideologia portante dell'Occidente coloniale e colonialista.

Visto che è importante sottolineare dovutamente il fatto che il cosiddetto "Anti-etnocentrismo" è certamente fondato, a sua volta, su un'ideologia che si contrappone -come tale e in quanto tale- al suo opposto storico e concettuale che è stato, appunto, l'Etnocentrismo europeo.
Esprimendo a sua volta, storicamente e idealmente, una sorta di "catarsi valoriale" rispetto al primo.

Si tratta di una "catarsi" storica, di un contra-passo concettuale, che prendeva le mosse giusto in seno alla cultura occidentale, intorno alla seconda metà del Novecento.
In un'epoca dominata evidentemente dalla rottura ideale e ideologica nei confronti del passato storico della galassia culturale del Continente europeo e più in generale del mondo Occidentale.

All'epoca, le nuove ideologie erano state "importate" in Italia, in quanto provenivano dai paesi nord-europei e dagli Stati Uniti d'America, in primo luogo.
Negli United States of America dove, le nuove idee si erano sviluppate e strutturate precipuamente in quegli ambienti culturali universitari dominati dalle nuove correnti di pensiero, a tutti gli effetti alternative rispetto a quelle vigenti e dominanti tra le Elite intellettuali e politiche dei rispettivi paesi occidentali.
Si trattava di ideologie dotate di un forte portato di novità e di "modernità" e di un forte impatto sociale e culturale, che sarebbero sfociate di lì a poco proprio nella cosiddetta Contestazione giovanile del 1968.

Proprio in quelle rivolte studentesche che hanno attraversato come un vento di uragano gli Anni Sessanta e Settanta del XX Secolo.

Si trattava di una contestazione di natura globale e radicale del passato storico e della tradizione socio-culturale dell'Occidente, che prendeva le mosse dalle posizioni critiche assunte inizialmente da un gruppo di filosofi e di sociologi, e di intellettuali, esponenti della cosiddetta "Scuola di Francoforte, del Terzo Periodo", attiva nel contesto culturale statunitense a partire dall'inizio degli Anni Cinquanta fino alla fine degli Anni Sessanta del XX secolo e presente soprattutto negli ambienti californiani ed in particolar modo in seno all'Università di Berkeley.

La rivolta giovanile massiva era partita, infatti, proprio dagli Stati Uniti d'America, cioè dal mondo culturale di matrice anglosassone, e si era diffusa capillarmente quasi immediatamente nel mondo culturale e universitario francese, alla Sorbona, arrivando in Italia con un certo ritardo rispetto ai contesti iniziali e perciò giungendo nel nostro Paese tempo dopo, ovvero all'inizio degli Anni Settanta.

Certamente, ispiratori della cosiddetta ideologia "contestatrice studentesca" erano stati importanti intellettuali e filosofi nonché sociologi, a cui vale la pena di accennare proprio in virtù della loro precipua rilevanza.
Si pensi a Theodor W.Adorno (1903-1969), a Max Horkheimer (1895-1973) e a Herbert Marcuse (1898-1979) che sono stati i principali esponenti della Scuola

di Francoforte del Terzo Periodo, nonché al filosofo Jean Paul Sartre (1905-1980), alla scrittrice Simon de Beauvoir (1908- 1986) tra gli altri a Parigi, nonché allo scrittore francese premio Nobel per la Letteratura Albert Camus (1913-1960), e allo psicologo tedesco Erich Fromm (1900-1980).

Erano tutte queste figure di intellettuali di spicco noti e saldamente accreditati in Occidente tra i quali brillava, come dicevo, la voce di filosofi e di sociologi, di psicologi, di storici e di scrittori, anche docenti universitari.
Uniti, costoro, in una battaglia culturale e sociale (e marginalmente politica) di revisione e di cambio anche drastico ed epocale di orizzonti culturali ortodossi.

Tale linea di cesura, almeno idealmente, esprimeva la necessità di favorire una critica e, insieme, un ripensamento, nonché un rinnovamento radicale, intorno ad alcuni temi-cardine del pensiero e della cultura dell'Occidente europeo e statunitense.
In primo luogo, c'era il tema della guerra e del militarismo, tema cardine della politica occidentale soprattutto di quella dell'anglo-sfera e in particolar modo di quella statunitense.
Un tema -quello della guerra- che veniva rifiutato in maniera drastica e assoluta.
In secondo luogo, c'era il tema del colonialismo morente e del contestuale insorgere del terribile imperialismo, questa volta a guida Usa quasi esclusivamente.

Con il palese e programmatico intento, da parte del Movimento di contestazione giovanile, di aprire le porte alla complessa e non scontata creazione di una società nuova e migliore, geneticamente diversa rispetto alla precedente società/civiltà, soprattutto in senso etico e morale, almeno sotto il profilo della libertà di espressione e del superamento di quanto era ancora considerato universalmente come Tabù.

Dunque in Primis, accanto al rifiuto drastico e categorico del Militarismo veniva posta proprio la questione della "Liberazione sessuale", che esprimeva anch'essa una nuova quanto rivoluzionaria consapevolezza individuale intesa peculiarmente in senso psico-fisico ma anche in senso largamente sociale e libertario.

"Facciamo l'amore, non la guerra".

Come programmaticamente recitava questo fondamentale e notissimo slogan dell'epoca, che palesava due dei capisaldi-cardine della Rivoluzione giovanile del 1968.

La determinazione, cioè, di rendere possibile il sorgere di una società e di una civiltà nuova, che fosse meno formalista e meno perbenista, meno biecamente ortodossa, ma di gran lunga più pacifica, più paritaria e pacifista, proprio a cominciare dall'epoca storica che in quegli anni si schiudeva.

Una società che doveva essere più matura e più equilibrata di quanto non fosse stata la Civiltà/Società precedente, quella di matrice europea, e di quanto non fosse ancora la cultura Occidentale, fotografata impietosamente proprio da Herbert Marcuse e Theodor W. Adorno.

Aprendo all'evenienza storica prossima ventura di una società strutturalmente più pacifica proprio nei suoi assetti fondamentali, non soltanto in relazione alla considerazione del proprio ruolo storico nel mondo ma, Ipso Facto, anche nei rapporti con le altre civiltà.
Con le altre culture planetarie, alla luce del loro rispettivo e sacrosanto diritto ad esistere come tali, indipendentemente dall'Occidente.

Quest'ultimo è stato certamente un tema fondamentale che deve essere coerentemente menzionato, almeno se si vogliono comprendere le matrici ideali e ideologiche della critica all'Etnocentrismo Europeo moderno, del quale in questa sede parliamo.
Il tutto in vista della costruzione di una Civiltà "nuova" che fosse più aperta e più disponibile nel suo insieme verso il resto del mondo ma al tempo stesso sostanzialmente più libertaria e storicamente più consapevole, più tollerante, meno dogmatica, e certamente più "creativa" tanto al proprio interno che all'esterno.
Una società/civiltà che avesse l'ardire di rimettere definitivamente in discussione il vecchio primato culturale erroneamente assunto da sé stessa di fronte al resto del mondo contemporaneo.
Nella fattispecie di fronte all'Africa e al Sub-continente Latinoamericano.

Perché c'è ed esiste, evidentemente, una stretta correlazione storica tra l'Anti-etnocentrismo e la decolonizzazione dei Paesi dell'Africa Australe, erroneamente definiti come "Paesi in via di sviluppo".

Visto che storicamente sussiste un legame tra l'Anti-etnocentrismo e i Movimenti di Liberazione dal colonialismo europeo allora presenti e attivi nel Continente africano Australe e le ideologie ad essi legate e da essi ispirate.

L'idealità connessa, per esempio, al concetto filosofico di "Negritudine" e a quella che esprime il diritto di matrice gius-naturale concepito e inteso come universale e ineliminabile, e dunque come sacrosanto, che sta a fondamento dell'idea dell'Autodeterminazione dei Popoli.

Questi sono alcuni degli elementi storico-filosofici che hanno sostenuto e sorretto l'impianto di revisione critica all'Etnocentrismo di matrice europea e generalmente occidentale, inteso a sua volta come primato storico e valoriale di una cultura su tutte le altre.
Come primato storico di una cultura e di una civiltà metalinguisticamente intese, concepite quindi come paradigmatiche ed assolute in senso storico.
Congiuntamente alla critica totale formulata "apertis verbis" e condotta proprio nel cuore della Cultura e della Civiltà Occidentale.

Una critica di matrice inizialmente storico-filosofica espressa da un nucleo ristretto di intellettuali, soprattutto di filosofi e di storici e, infine, fatta propria e interiorizzata dalla vulgata studentesca attiva, essenzialmente a partire dalla seconda metà degli Anni Sessanta in Occidente.

L'Immagine che Noi diamo di Noi stessi

Spesso e volentieri tra me e me, nel chiuso del mio inquieto Ego, mi domandavo come dovevo apparire agli occhi di John, del mio amico virtuale di origine italo-americana.

Che immagine davo di me stessa al mondo e dunque ai suoi occhi, in sostanza.

Questo mi chiedevo quasi per scherzo ma sovente, nei momenti di relativo e disciplinato Otium di latina memoria.

Sì, perché cominciavo vieppiù in quei giorni lontani a fare i conti con lo strumento virtuale nelle maglie del quale si inseriva interamente la mia solitaria Love Story, probabilmente vissuta ed esperita a senso unico con quell'amico-fantasma con il quale da qualche tempo intrattenevo un rapporto tanto costante quanto oggettivamente elementare.

Era proprio lo strumento e il mezzo virtuale, mercé la pagina colorata e mondana di Facebook, il Medium che mi conduceva per mano in questa mia carambolesca Love Story forse del tutto immaginaria, che mi rinserrava strettamente da ogni parte.

Ipso facto, proprio come una mosca immemore caduta e intrappolata nelle sottili e argentee maglie della tela di un ragno notturno.

Era una Love Story, la mia, vissuta in modo sempre più reale e sempre meno virtuale tutto sommato, e questa circostanza la vorrei qui chiaramente sottolineare.

Apro un inciso, a questo punto.

Visto che a tale proposito, personalmente, parto da un presupposto che può legittimamente non piacere, lo ammetto, forse perché risulta ben poco o per niente incoraggiante per chiunque di noi.

Ovvero, parto dall'idea che noi stessi siamo soprattutto quello che agli altri appariamo, quello che agli altri sembriamo.

Piaccia o non piaccia questo fatto che, mi rendo conto, appare oltretutto parziale e limitato.

E' certamente vero, comunque, che il nostro Ego profondo non può risultare circoscritto esclusivamente alla "somma delle apparenze".

Tuttavia, le cosiddette "apparenze" costituiscono un dato che integra fondamentalmente ed essenzialmente la nostra stessa personalità.

Che consiste in quella parte, ovvero in quell'aspetto di noi, quello di matrice prettamente sociale che, come tale, attiene alla nostra sfera comportamentale globalmente intesa e considerata.

Perché al di là di tutto -e soprattutto- noi siamo quello che agli occhi del mondo appariamo.

Visto e considerato il fatto che tale e tanta è la rilevanza del nostro Essere "formale e sociale".

In questo senso, il nostro comportamento e il nostro stesso atteggiamento, il nostro "Custom" come direbbe David Hume, quello che volente o nolente assumiamo e palesiamo nei confronti del mondo intero e della società nella quale viviamo e con la quale fattivamente interagiamo in particolare, è in definitiva quello che apertamente ci caratterizza e individualmente ci definisce.
Al di là di ciò che noi stessi riteniamo essere il nostro Ego specifico e profondo e quindi -precipuamente- la nostra stessa personalità.

Certo, questo principio è valido soprattutto allorquando esso venga rapportato alla Realtà, alla Realtà "vera e propria", quella nuda e cruda, quella fisica e materiale.
Alla realtà Fisica e all'interazione diretta che noi stessi intratteniamo con la medesima, nel nostro rispettivo quotidiano.
Eppure, parzialmente c'è da dire per quanto è possibile e nei limiti del possibile, che analogamente questo stesso fatto ha luogo e succede anche nel mondo virtuale.
In altro modo, ma pur sempre succede.

Perché anche qui, in questo contesto a tutti gli effetti "meta-fisico" nel senso Aristotelico del termine, cioè non direttamente fisico, esprimiamo la nostra personalità e dunque il nostro Ego individuale, seppure attraverso elementi che sono per loro natura chiaramente parziali e circoscritti nonché prevalentemente intellettuali, mitopoietici, immaginari, e immaginifici.

Ovvero, virtuali.

Dal momento che, proprio in questo ambito, chi ci osserva e ci giudica senza conoscerci fisicamente e dunque "realmente", esprime comunque un giudizio su di noi che è a sua volta parziale e limitato, distaccato somaticamente, certo, ma che è pur sempre il prodotto della valutazione di una serie di elementi -statici- che noi stessi gli forniamo, consciamente e inconsciamente, nell'immediato.

Allora, mi domandavo, che idea di me si era fatto John in base a quello sparuto gruppo di fotografie, poche o pochissime che fossero, quelle in bianco e nero dal sapore Vintage che avevo postato sulla mia pagina di profilo Facebook?

Che idea di me si era potuto fare John, partendo da quelle poche frasi che avevo collocato bene in evidenza sulla mia bacheca, inserendole come quadretti all'interno di cornici colorate e sgargianti?

Per caso, avrà pensato che sono una trentenne contestatrice post-sessantottina di "vecchia maniera" e che sono quindi una pacifista e una libertaria militante?

Che sono una femminista ad oltranza e una scettica per natura e per definizione?

O forse John avrà pensato che sono una donna sola al mondo senza un cane al mio fianco e che mi serviva, che mi urgeva, dare retta al primo uomo arrivato, letteralmente al "primo venuto" carambolato nella mia vita Reale attraverso la pagina Virtuale?

Chissà, per poter sognare forse un giorno di convolare a nozze con lui, magari in una terra lontana e in una città sconosciuta, con la quale sapevo di non avere alcun legame di sorta?

Perché in quel mentre gli United States erano davvero il mio ultimo pensiero.

Eppure, mi sembrava che John nutrisse un qualche interesse per me come donna.

Segno che tutto sommato accettava in linea di principio il mio Modus Essendi e presumibilmente anche il mio Modus Vivendi, almeno quello che dalla pagina del mio profilo virtuale di Facebook in qualche modo pur sempre doveva apparire ed emergere.

E questo fatto mi riempiva l'animo di quello strano orgoglio del tutto solipsistico e vanesio, sostanzialmente narcisistico, che costituisce la finalità profonda e recondita ma Princeps, dei Social Media.

A ben vedere.

Quello strampalato e immaturo orgoglio sostanzialmente solipsistico insito nel crogiolarsi in un successo effimero per antonomasia ma in grado di appagare momentaneamente e Repetita il narcisismo latente del nostro Freudiano Ego.

Quel genere di narcisismo che aleggia nella solitudine oggettiva della nostra esistenza vuota di affetti "veri e tangibili", continuativi e moralmente rassicuranti, e che ci fa apparire a noi stessi e ai nostri stessi occhi appannati e "virtualizzati" come persone importanti e in qualche modo insostituibili.

Vanità pure e semplici, lo ammetto.

Ma proprio in questo consiste il grande "inganno virtuale".

Il Terreno sul quale la Storia si compie

Dunque in quel periodo della mia vita, quello che corrispondeva, tanto per intenderci, al tempo della mia Love Story con John, ero davvero immersa "anima e core" nel mondo virtuale, nella virtualità propriamente detta, e lo ero letteralmente dalla testa ai piedi.

Per fortuna, mi dicevo con un sospiro di sollievo, che ogni mattina dal lunedì al venerdì, dalle nove alle due del pomeriggio, mi recavo al lavoro in agenzia dove cercavo di fare del mio meglio, ve lo garantisco.
In tutti i modi possibili e immaginabili.
E pian piano effettivamente avevo imparato quel lavoro che non è affatto "facilissimo" come erroneamente si crede.
Ma quale lavoro è poi facilissimo?
Non mi consta che esistano a questo mondo lavori "facilissimi" ...
Perché ogni lavoro presenta le sue difficoltà, questo penso.

In tal modo tentavo di dare il meglio di me molto spontaneamente, in quelle ore di lavoro nell'agenzia di viaggi di Rita.

E questo succedeva essenzialmente per due ordini di ragioni.

In primo luogo, per il fatto che la titolare dell'azienda era una mia cara amica "storica" visto che la nostra amicizia risaliva ai tempi delle scuole medie, niente di meno.

E perché oltretutto mi sentivo sommamente grata a lei per avermi dato di Sua Sponte la possibilità di mettermi alla prova in un ambito lavorativo assolutamente nuovo per me e al quale effettivamente all'inizio non ero per nulla preparata.

Però il lavoro, qualunque esso sia purché sia onesto, costituisce un elemento centrale della nostra vita proprio aldilà e a prescindere dall'aspetto e dal bisogno strettamente economico.

Come lo studio e il sapere, identicamente, allo stesso modo.

In secondo luogo, direi, perché quelle ore trascorse in agenzia, vissute nel corso della prima parte della giornata e perciò le ore migliori in quanto più proficue, piene, e produttive per tutti, costituivano per me una benedetta e sacrosanta re-immersione nella Realtà.

In quella Realtà vera e fattuale, nuda e cruda, certamente e chiaramente non virtuale.

Quindi, quelle "benedette e sacrosante" ore di lavoro quotidiano rappresentavano per me, ogni giorno di più, una sorta di conferma del fatto che ero a tutti gli effetti una persona viva e vegeta e attiva nel mondo Reale, nel mondo Vero.

Che ero una donna attiva e "pugnace" in quella Realtà tangibile e concreta, quella che costituisce il nostro Habitat autentico nel quale Darwinianamente la specie

del Homo Sapiens-Sapiens si è evoluta e alla quale Realtà davvero dobbiamo "tutto".
Letteralmente, tutto.
E per "tutto" intendo la ricchezza dell'umana dimensione, la sua intrinseca poliedricità e versatilità, la complessità e la multiformità delle capacità sociali e mentali, pratiche e intellettuali, creative e spirituali dell'essere umano, della persona, che stanno -e restano- a fondamento delle nostre altrettanto multiformi e poliedriche attitudini.

Per questa ragione sono grata alla Realtà "vera e fattuale", quella che personalmente intendo come il terreno tangibile nel quale la Storia umana si compie e con essa si compie la Storia del mondo.

Perché non c'è niente, non c'è assolutamente nulla, di virtuale nella Storia.
Visto e considerato il fatto che nel suo ambito e nel suo corso, nel suo per-corso, tutto è dannatamente Vero e Reale.
Tutto è materiale e concreto, tutto, fino all'inverosimile ...

Così, debbo dire che, in quel periodo che stranamente ricordo e rammento lontano come e più della luna nel cielo assolato di mezzogiorno, mi era venuto un gran desiderio, una grande propensione ai limiti dell'abbaglio, nei confronti della materialità e della fisicità.
Una propensione pura e semplice per gli oggetti.

Un'attitudine che mi spronava come un cavallo impazzito a gettarmi nelle calde braccia della "tangibilità" somatica, reale, e fattuale.

Chissà, forse nel mio caso si trattava di una legittima e alquanto spontanea reazione alla piega univocamente virtuale che gioco-forza io stessa avevo dato alla mia sentimentalità, al suo oggetto e al suo corso.
E non saprei dire se si trattava di una piega "bella o brutta", "buona o cattiva" nel senso Socratico-Platonico del termine.
Ma certamente quel che posso dire in tutta franchezza oggi, è che si trattava di una piega definitivamente "innaturale" alla quale il mio Es reagiva con tutte le sue forze, opponendosi a questa mia deriva virtuale.

La mia deriva virtuale era una deriva assolutamente innaturale come lo sarebbe stata un'armatura medievale di ferro sovrapposta ad un corpo nudo.
Era una deriva innaturale, considerando quelle che sono le caratteristiche e le specificità del Homo Sapiens di biologica memoria.
Sì, proprio così, ed io lo sapevo o, per meglio dire, lo sentivo profondamente, nel profondo del mio Freudiano Es.

Perché non è possibile e non è neanche ammissibile "alienare" tout-court la propria emotività e la propria intera sentimentalità ad un fantasma ...

No, non è eticamente possibile, mi pare bene.

Soprattutto in un momento di costruzione attiva e possibilmente operosa della propria vita affettiva e sentimentale.

Ovvero, in quel momento che caratterizza il cloù dell'esistenza di una donna trentenne nel pieno possesso delle sue facoltà emotive e cognitive, fisiche e biologiche.

Questo era il dato evidente.

Era quello che di per sé illuminava e scopriva malamente quella "cifra" umanamente ignota di implicita alienazione -di implicita narcisistica alienazione-, per meglio dire.

Quella cifra ineliminabilmente dis-torta che mi appariva già fin da allora intrinseca all'approccio virtuale sia nei confronti della socialità che nei confronti della pura e semplice sentimentalità, esattamente in quanto tale.

Allora, andavo alla ricerca del "dato fisico" come avrebbe fatto un rabdomante esperto andando per piane e per monti alla ricerca dell'acqua.

Ma questo non certo nell'amore o nell'amicizia.

Piuttosto, invece, negli artefatti, negli oggetti.

E mi tuffavo come una provetta nuotatrice nel loro intrinseco, ineliminabile, supremo fascino ...

Negozi, Mercati, e Mercatini

Dunque, quando avevo un poco di tempo libero e questo succedeva nei pomeriggi ma soprattutto nei giorni festivi e semi-festivi del fine settimana, perciò il sabato e la domenica, mi dirigevo senza indugiare -carica di molto pathos- di volta in volta verso negozi, mercati, e mercatini, che a Roma sono tantissimi.

Con il proposito chiaro di reiterare la mia Full Immersion negli oggetti e nel mondo reale.
Almeno in quella sfera di mondo che soprattutto mi affascina e che in quei giorni sembrava essere diventata per me una sorta di idea fissa e, a suo modo, anche un tantino ossessiva.

Perché in quel periodo questa mia propensione aveva preso le forme di una fissazione, di una paranoia vera e propria, nei confronti degli abiti, delle scarpe, e delle borse.
Quei capi di vestiario con i loro relativi accessori che personalmente ho sempre amato, a dire la verità, da quando ero poco più che una adolescente e per i quali (tutti) nutro da sempre una grande attrazione.
Un'attrazione che sarebbe probabilmente giusto chiamare "fatale".

Questo era il mio modo del tutto personale e soggettivo, insieme al lavoro svolto in agenzia come vi dicevo, di riprendermi legittimamente una parte di quella fetta di Realtà che in quello strano e contraddittorio periodo della mia vita sentivo sfuggirmi.

Circostanza, questa, che mi suggeriva l'idea plastica di vivere un'esistenza dimezzata, tutt'altro che piena, anzi, affatto vuota.
Come se i giorni della mia vita misteriosamente e per una sorta di ignota Ratio del destino, avessero assunto una consistenza evanescente, aerea, pneumatica ...
Come se i giorni della mia vita fossero qualcosa di simile alla sabbia gialla e sottile del deserto che pian piano filtra e scivola via da una clessidra.

Certo è che in quel momento non avevo grandi mezzi economici per sostenere e sostentare i miei possibili ed eventuali capricci e "capriccetti" di shopping, visto che il mio stipendio mensile era quello che era, cioè limitato e circoscritto, appena sufficiente in realtà a darmi da vivere pur se dignitosamente ma certamente senza lussi.
Visto che il mio stipendio mi consentiva in realtà di fronteggiare quasi esclusivamente le spese vive della casa e della quotidianità, il "day by day" rutinario e inevitabile.
Ma solo questo e niente di più, praticamente.
In buona sostanza.

Tuttavia, ugualmente, mi immergevo di volta in volta, sempre con grande piacere, in quel mondo fisico e materiale, colorato e consistente, assolutamente tangibile, che non esisteva soltanto su un piano mentale ma che era invece eminentemente reale e il cui impatto nudo e crudo mi arrivava in pieno viso come un'onda oceanica fredda e elettrica ...

E in queste mie immersioni di puro contatto con una sfera della Realtà che da sempre mi attraeva enormemente, in qualche modo inconscio mi sentivo appagata ...

Perché si trattava di quella fetta di Realtà che da tempo immemorabile mi affascinava e mi "intrigava".

Circostanza che del resto mi era nota, visto che a trentanni suonati conosciamo abbastanza bene (ormai) le nostre inclinazioni nonché i nostri punti deboli, evidentemente per reiterata esperienza.

Mi piaceva e mi soddisfaceva, perciò, l'esperienza tattile e visiva che fruivo nell'armeggiare con le stoffe colorate degli abiti, con i loro modelli, e con le loro variegate forme.

Mi piaceva trastullarmi con le loro fantasie, nella mia fantasia ...

Come pure mi piaceva palpare i morbidi pellami delle scarpe e delle borse che mi offrivano il modo di immaginare una sequenza di Look, di Outfit per meglio dire, che avrei di volata desiderato indossare e socialmente palesare.

E, Mutatis Mutandis, che avrei voluto adottare per me in toto, concretamente nella mia vita quotidiana.

E bisogna considerare il fatto che anche in questo caso mi crogiolavo solipsisticamente e narcisisticamente, ma lo facevo in maniera di gran lunga più reale e più concreta di quanto non fosse, invece, il collaterale atteggiamento legato al narcisismo virtuale.

E questo bastava per appagare in me quel bisogno fresco ed impellente di concretezza e di fisicità che mi spingeva ad apprezzare fino all'inverosimile quei momenti trascorsi nel mondo della terrena e concreta nonché -concretissima- mondanità, intesa in senso letterale e non traslato.

Allora, era stato proprio in uno di quei giorni del fine settimana che si era dato quell'evento che da molto tempo avevo aspettato con ansia e trepidazione.

E se ben ricordo doveva essere stato proprio un sabato all'ora di pranzo, quindi alla fine della mattinata, nell'ora in cui rientravo a casa dopo la mia ennesima "scorribanda" fatta giusto appunto nel corso di quella mattina in un grande mercato romano.

Perché in quel primo pomeriggio aprendo la mia pagina di profilo Facebook, avevo trovato un messaggio di John.

Si trattava di un messaggio che lui stesso aveva definito come "urgente" e che pertanto avevo immediatamente aperto e letto con il batticuore.

E leggendolo, avevo sobbalzato dalla sedia.

Visto che John mi scriveva che sarebbe arrivato in Italia finalmente di lì a dieci giorni con il motivo di ritrovare parte della sua famiglia materna d'origine italiana che, come ben sapevo, viveva stabilmente a Latina.

E a tale proposito lui mi scriveva, inoltre, che sarebbe venuto a Roma dove aveva in animo di prenotare un buon albergo nel centro storico della città.
E aveva pianificato tutto questo con cura, non soltanto con la finalità di visitare la capitale che riteneva essere una cosa necessaria ed imprescindibile, buona e giusta, vista la portata del suo viaggio.
Ma anche di incontrare me per conoscermi personalmente, fatto che a lui stava molto a cuore, almeno così sembrava.

Già conoscerci personalmente, finalmente …
Era ora …

Dopo esserci frequentati in modo virtuale per quasi due mesi di seguito e dopo esserci raccontati reiteratamente ciascuno qualcosa della propria vita, ecco che adesso era giunto il momento di incontrarci e di conoscerci di persona.
A queste parole di John avevo avuto letteralmente un tuffo al cuore.
Perché quasi, quasi, non potevo neppure credere ai miei occhi, visto che il nostro incontro sarebbe stato decisivo e sacrosanto e che nella graduatoria dei miei Desiderata di quel periodo questo evento costituiva senz'altro la prima voce per importanza assoluta.

A tale proposito, John mi chiedeva cortesemente di mandargli per messaggio il mio numero di telefonino e l'indirizzo di casa, con l'intenzione esplicita da parte sua di venirmi a bussare direttamente alla porta, con previo avviso s'intende, quando si fosse trovato a Roma.

Così, gli avevo prontamente risposto, fornendogli tanto il mio numero di telefono mobile che il mio indirizzo di casa.

Il tutto corredato da un numero imprecisato di punti esclamativi che esprimevano incontrovertibilmente la mia sorpresa positiva nonché il mio entusiasmo di fronte alla sua idea e perciò rispetto alle sue parole.

"Che bello, che bello ...".

Continuavo a dirmi in preda ad una strana quanto assurda euforia evidentemente di stampo adolescenziale che forse, a quel punto mi era chiaro, apparteneva ad una fase della mia vita che psicologicamente non avevo del tutto superato, restandovi ancorata chissà, forse "vita natural durante".

Perché probabilmente all'adolescenza ero rimasta strettamente legata, ad essa ero rimasta vincolata, volente o nolente e mio malgrado.

Perché proprio questo mi sembrava di capire osservandomi dall'esterno, in un Transfer fatto a posteriori.

In considerazione del fatto che giunta anagraficamente alla "veneranda" età di trent'anni suonati sarebbe stato non solo salutare ma anche doveroso per me il dismettere questi abiti meramente spontaneistici ed indossare, invece, quelli decisamente più maturi e riflessivi, certamente un tantino meno spavaldi e meno scioccamente emotivi ...

Perché in quei frangenti, mentre balzavo dalla sedia e mi mettevo a saltellare sulla punta dei piedi come avrebbe fatto una ballerina di professione, danzando sulle note

dell'orchestrazione scenica del "Lago dei Cigni" di Cajkovskij, o come avrebbe fatto una quindicenne entusiasta dopo la dichiarazione d'amore ricevuta dal fidanzatino del momento, avevo compreso chiaramente che questa mia Love Story virtuale mi aveva riportata indietro nel tempo di molti anni, di alcuni lustri, trascinandomi per i capelli bellamente fino all'età adolescenziale.
Che è quella dei sogni ad occhi aperti e delle tempeste ormonali ...
Possibile?

Soltanto più tardi, qualche ora dopo, a conti fatti e "con il senno di poi", come popolarmente si dice, mi ero resa conto di tutta l'assurdità della cosa, di tutta l'assurdità del mio im-ponderato comportamento da adolescente in erba, travolta da una tempesta ormonale ...

E mi ero domandata con preoccupazione crescente se non addirittura con paura, se per caso avevo fatto bene (o male) a fornire ad uno sconosciuto, perché in fin dei conti tale era John per me e di uno s-conosciuto si trattava, il mio numero di telefono e il mio indirizzo di casa.

Eppure, Eppure ...

Eppure, eppure ...

Mi ero fermata di colpo pochi istanti dopo.
Perché una nuvola nera come la pece era transitata davanti ai miei occhi sognanti.
E mi ero fermata all'improvviso, dopo il mio exploit di spontanea felicità tardo-adolescenziale.

Quello slancio motivato, lo sapevo, dall'idea di conoscere finalmente il "mio" caro John.
Il cui viaggio in Italia, e a Roma in particolare, rappresentava per me, com'è logico pensare, un evento molto importante, visto e considerato il fatto che si trattava di quello che in realtà avevo sperato per oltre due mesi con ansia e trepidazione.
Ad un tratto dunque, e in modo del tutto inimmaginabile, un'ombra oscura aveva attraversato il mio campo visivo e si era posata freddamente sul mio cuore.
Era giunta di volata, come un uccello nero di Quasimodiana memoria.
Assolutamente all'improvviso, senza alcun apparente motivo, senza alcuna fondata ragione che non fosse per me definitivamente insondabile.

Ma cos'era cambiato nella mezz'ora successiva alla mia risposta scritta data al messaggio di John, e al mio iniziale saltellare inconsulto?

Al mio saltellare simile a quello di una ballerina classica che in punta di piedi volteggi davanti ad un romantico scenario di cartapesta, danzando lei sì, armoniosamente, sulle ali di una delle più grandi opere classiche del genio musicale russo ...

Niente, non era cambiato niente, assolutamente nulla, in quella mezz'ora di orologio, c'è da dire ...

Perché il mio messaggio lasciato in custodia alla pagina di corrispondenza privata di Facebook non era stato neppure (ancora) letto dal destinatario e tanto meno era stato commentato.

Quindi, realmente, in quei pochi minuti non era cambiato niente, nei fatti e nella realtà.

Eppure io sentivo e oscuramente percepivo, pre-sentivo, sebbene in modo contorto e indistinto e sotto le sembianze improvvide di un dolore sordo e misterioso reiterato in fondo al cuore all'altezza dello sterno, per usare le parole del sommo Pablo Neruda, che sì, che qualcosa c'era o, per meglio dire, che qualcosa ci sarebbe stato d'infausto nei giorni a venire.

Che qualcosa di infausto ci sarebbe stato nel mio futuro prossimo venturo, riguardo a John.

E questo era ciò che in qualche modo oscuramente pre-sentivo, certamente mio malgrado.

Ci sarebbe stato un "qualcosa di non bello" a venire, sì, un elemento X che non sarebbe andato "per il verso giusto", come si suole dire, cioè nel senso e nella direzione in cui io mi auguravo che andasse, visto che in questo incontro con John personalmente ci speravo molto e ci avevo sperato da tempo.

E ci avevo investito ore e ore nei pomeriggi, nella forma di energia e di attenzione ...

Perché di lì a poco avrebbe fatto la sua comparsa quell'elemento X che avrebbe minato la pianificazione degli eventi, che non sarebbero andati come io immaginavo che andassero, e come ardentemente e con tutto il cuore speravo che volgessero.

Sentivo e percepivo da lontano un miglio anche se, ripeto, in modo alquanto oscuro e irrazionale, avvicinarsi a me -e a noi- un elemento di disturbo, un'incongruenza fattuale, che avrebbe facilmente potuto sovvertire i piani di John e i miei.

Questo era ciò che presentivo in quel momento.

"Ma è possibile?"
Mi domandavo, tentando di ascoltare con più attenzione questo mio strano, assurdo, e in-contestuale sentire.

"Ma è possibile?"
Quel sentimento amaro che nella fattispecie si faceva strada a tentoni -in quel momento- nel mio animo, come un ubriaco che cerchi la via di casa nelle tenebre della notte ...

"La solita guastafeste, ecco qui ..."
Mi dicevo indispettita, battendo un immaginario pugno sul tavolo con una riprovazione scaramantica indirizzata esclusivamente a me stessa.

Con un dispetto intrinsecamente "scaramantico" nei miei stessi confronti, espresso da quel sentimento che è

insieme di rabbia e di dispetto ma che purtroppo mi contraddistingue caratterialmente a partire dal primo giorno della mia nascita.
Ad essere sincera ...

Visto il fatto che personalmente – forse da sempre, lo ripeto- sono molto attenta all'aspetto "superstizioso" e al suo risvolto "fortunoso", nelle alterne vicende della vita.
Perché credo fermamente che il bene e il male, la fortuna e la sfortuna, più che soltanto dai fatti concreti (azioni, opere, e omissioni) della nostra esistenza, discendano a noi soprattutto dai nostri pensieri, nonché da quelli altrui che ci riguardano.
Ritengo, cioè, che sono proprio i nostri pensieri -e quelli altrui che ci riguardano- a mettere in campo una serie di "forze" che rendono possibile e reale, rispettivamente, tanto la nostra fortuna che la nostra sfortuna.

"E che diavolo, però ..."
Mi dicevo ancora a labbra serrate.
Proprio quell'oggi, nella tranquilla cornice splendente di quel primo pomeriggio luminoso di inizio di primavera nel cuore antico della Urbs Aeterna ...
Proprio quando forse, forse, mi stavo avvicinando alla meta agognata da tanto tempo, ecco che un dubbio appuntito come una lama di coltello e freddo come il ferro, mi trafiggeva implacabilmente.
E la sua traccia amorfa, come un'ombra oscura e sconosciuta, aleggiava impalpabile e sorda sul mio cuore afflitto e affranto, martoriato già da molto tempo.
Proprio una sciagura.

"Ma che caspita, però ..."

Pensavo ancora inquieta e indispettita tra me e me, come se fossi stata proprio io, Bianca, a dubitare per dubitare e a gettarmi addosso la scarogna, la malasorte.
Il tutto gratuitamente, certo.
Solo per il gusto perverso e pervertito di farmi del male senza ragione, con il fine di compiacere forse un demone malefico, traditore degli innocenti e degli oppressi.
Traditore delle anime pure.

E così restava in me dominante e incontrastato quel perverso quanto assolutamente gratuito piglio dispotico di auto-mortificazione, auto-infertomi per il semplice gusto di gettare fango "a ufa" su me stessa.
Orribile cosa, per davvero ...

Senza altra ragione plausibile che non fosse quella di una presa di posizione tanto partigiana quanto profondamente assurda, assunta per partito preso e a tutto vantaggio del mio puro e semplice svantaggio ...
E perdonatemi il gioco di parole.
Eppure esattamente così stavano le cose, pensavo.
Lamentandomi di me stessa con me stessa, al cospetto del tribunale supremo del mio Super Io, del mio Super Ego.
E questo tanto per essere Freudiana fino in fondo, addirittura più Freudiana di Freud, se è possibile.
Che è un poco come dire, più realista del Re ...

Lo Specchio della Specie

"Ritengo che uno sforzo per il reperimento di contenuti umanamente minimi, che non debbano essere in nessun luogo per nessuna ragione violati, sia uno sforzo che si debba fare".

Scriveva Alberto Mario Cirese in "Altri sé. Per una antropologia delle invarianze". Palermo (2011).

"Mi viene spesso di adoperare una immagine, pensiamo di essere arrivati a quel punto nel quale Leroi-Gourhan dice: "Cessa la evoluzione biologica e comincia la dispersione etnica", il momento della Torre di Babele, se lo si vuole dire in altri termini.
Ecco, quello è il momento nel quale uno specchio unitario, lo specchio della specie, per una qualche ragione che non so, si rompe in mille frammenti.
Ma ognuno dei frammenti non rifletterà la luce del cielo allo stesso modo con cui la rifletteva lo specchio tutto intero?
Naturalmente per le sue collocazioni avrà distorsioni, differenze di bande di colori, ma luce era e luce resta, specchio era e specchio resta.
E ritrovare il frammento di specchio che c'è in ciascuna delle nostre culture è la grande impresa culturale del

nostro tempo, non solo antropologica, ma innanzitutto umana.

Ritrovare l'universale che, forse anche occulto ma non per ciò assente, sta dentro ad ognuna delle sparse membra.

Credo che si debba e si possa farlo a due livelli."

Ecco, come l'Antropologo Alberto Mario Cirese intendeva quella che possiamo a ragione definire come la premessa fondamentale per lo studio dei popoli e delle culture "altre" nelle discipline Demo-etno-antropologiche.

Il ritrovare quel frammento di specchio che c'è in ciascuna cultura.

E' dunque una ricerca dell'universale umano -e umanissimo- che è comune a tutte le culture e a tutte le civiltà, pure se sotto mentite e poliedriche spoglie, per quanto lontane le culture siano e appaiano nella Storia e nello spazio.

E tale elemento fondamentale (e fondante) di tutte le Culture indistintamente, Alberto Mario Cirese lo definisce come lo "Specchio della Specie", che sembra da intendersi come quel fondamento umano ineliminabile che è presente ed è comune a tutte le Culture e a tutte le Civiltà esistite ed esistenti sulla Terra e nella Storia.

Avvalendosi Alberto Mario Cirese di una metafora bellissima, che è quella dello Specchio.

Il grande "Specchio della specie" che per ignote ragioni si rompe e va in frantumi, ma i cui frammenti sparsi

sono, al di là della loro dimensione, identici alla loro stessa matrice.
Considerato il fatto che ciascuno dei frammenti del grande "Specchio della specie" rifletterà sia pure con minime variazioni e varianti tonali, meglio o peggio, lo stesso cielo e la stessa luce, proprio come lo specchio grande, del quale i frammenti sparsi non sono che le sue parti.

E non potrebbe che essere così, perché "Specchio era e specchio resta, luce era e luce resta", dice Alberto Mario Cirese.

Dal momento che, come affermava egli stesso, esiste un filo conduttore comune che è l'Universale umano.
Quell'Universale umano che pure nella frammentazione dello Specchio della Specie e nella "dispersione etnica" dell'umanità, che ha messo capo nel corso della Storia alla molteplicità dei Popoli e alla varietà delle Culture e delle Civiltà che conformano questa mappa, resta rigorosamente lo stesso, aldilà delle plurime apparenze.

Visto che ogni popolo e ogni cultura porta con sé nel profondo della sua essenza quel sigillo umano indelebile ed ineliminabile, che è comune a tutte le Culture/Civiltà e che consiste proprio in quell'elemento "fondamentalmente umano" che le anima dall'interno e che le connota tutte indistintamente.
Letteralmente, dalla prima all'ultima.

E' proprio su questo elemento umano, e a partire da questo, che ogni Cultura e ogni Civiltà deve poter essere studiata e dunque compresa, perché è su questo comune denominatore, quello della Humanitas intrinseca alla Specie, che le culture e le civiltà esistenti debbono essere conosciute e comprese, pur nella loro brillante varietà e nel loro complesso polimorfismo.

Si tratta perciò di "contenuti umanamente minimi" dice l'Antropologo, dai quali è però necessario partire, visto che essi rappresentano una sorta di parametro comune necessario ed imprescindibile nonché un limite invalicabile, quello che caratterizza e definisce l'Umanità come tale.

Dal quale parametro e dal quale limite non si può in alcun modo prescindere e derogare, in considerazione del fatto che esistono limiti molto netti, barriere vere e proprie, che rappresentano una sorta di Colonne d'Ercole della Specie.
Oltre alle quali, per ciò stesso, non si può pensare di andare, in quanto esse attengono propriamente ai modi della umana e biologica essenza.

E sono definitivamente queste stesse istanze imprescindibilmente "umane", l'elemento dal quale l'antropologo deve ragionevolmente partire quando affronta la complessità specifica del suo oggetto di studio.

L'Elementarmente Umano

I due livelli ai quali Alberto Mario Cirese allude più sopra sono chiaramente spiegati subito dopo, nello stesso capitolo dell'opera citata (Palermo, 2011).

"Da un lato", afferma Alberto Mario Cirese, "al livello di quel che chiamo "l'elementarmente umano", (ci sono) l'aver fame sete freddo, fare figli, amare, odiare, gioire, pensare, morire.
All'altro estremo, invece, esiste il livello dell'altissimo pensiero, quello che tangibilmente ritrovo con mia rinnovata meraviglia ogni volta che rimetto in funzione il programma informatico per il Calendario Maya cui per tanti anni mi sono dedicato".

"Un oggetto logico-matematico di altissima perfezione (è questo) in cui, quali che fossero i loro procedimenti e quali che siano i miei, tutti i calcoli e tutti i risultati tornano perfettamente."
"Il calcolatore esegue i calcoli calendariali come i Maya: dunque il calcolatore è maya.
Ma i Maya eseguivano i calcoli calendariali come il calcolatore, dunque i Maya erano calcolatore".

"Specchio, frammenti, identicità o invarianza permanente nell'elementarmente umano e nell'alto pensiero."

"L'Universalmente umano" deve dunque essere cercato e identificato a questi due livelli, dice Alberto Mario Cirese.

Il primo livello è quello "dell'Elementarmente umano" che connota la condizione universale dell'uomo in quanto tale.
Ovvero, chiunque egli sia e sia stato, e ovunque egli si trovi, indipendentemente dalla cultura e dalla civiltà a cui appartiene oppure è appartenuto, ovunque e sempre nella Storia umana.
Perché questo è il livello basilare e perciò fondamentale dell'umana condizione.

Quella che la Humanitas, intesa come categoria essenzialmente fisico-biologica e naturale, esprime letteralmente "da che mondo è mondo", come popolarmente si dice.
E' la condizione naturale e fisico-biologica legata alla nascita, alla crescita, e alla morte dell'individuo.

E' quella condizione naturale legata ai bisogni fisici e fisiologici dell'essere umano come per esempio l'avere fame, sete, freddo, caldo, e quindi connessa al bisogno minimo di ottemperare necessariamente a tali imprescindibili pulsioni.
Si tratta di quelle istanze di natura biologica che proprio come tali sono connaturate all'uomo, inteso in senso Aristotelico come animale-razionale, e che sono

impresse nella sua stessa costituzione fisica, non essendo perciò derogabili in alcun modo.

La riproduzione, il "fare figli" infatti, rientra anch'esso pienamente, com'è ovvio che sia, nell'ambito di questo assetto fisiologico primario che noi esseri umani condividiamo con il mondo animale globalmente inteso.

E poi, c'è da menzionare l'affettività, l'amore, l'odio, la gelosia e la rivalità, che sono comunque aspetti dell'animo umano concepito nel suo assetto pre-culturale ed espresso ab Initio dalla umana inclinazione universalmente affettiva e latamente sentimentale.

Infine, c'è il pensiero, il semplice pensiero, che è qui inteso come parte integrante dell'assetto biologico-naturale che noi esseri umani condividiamo con il mondo animale nella sua totalità.

In questo caso tuttavia, Alberto Mario Cirese si riferisce al pensiero inteso come "facoltà", quello che esprime ancora la caratteristica fisico-somatica dell'uomo biologico.

Questo è il cosiddetto Primo Livello, quello che caratterizza "l'Elementarmente umano", pensato come aspetto fondamentale -e fondante- dello "Universalmente umano" e che, al di là di ogni altra considerazione, deve poter essere approcciato pragmaticamente dall'antropologo in modo esclusivo, nello studio e nell'analisi conoscitiva delle Culture "altre".

Il secondo livello di indagine relativamente all'Universalmente Umano è quello che attiene "all'altissimo pensiero", come afferma Alberto Mario Cirese facendo poi l'esempio degli studi da lui reiterati nel corso del tempo a proposito del noto Calendario Maya.

Perché il pensiero umano "altissimo" è quello che esprime le categorie della Logica Aristotelica che rappresentano l'altro elemento universale della Humanitas.
Alla quale dobbiamo fare necessariamente riferimento nello studio delle discipline Demo-Etno-Antropologiche, con il fine di trovare un terreno comune ammissibile alla comprensione delle Culture e delle Civiltà "altre".
Si tratta di un filo conduttore minimo tra Noi e Loro.

Perché le categorie della Logica Aristotelica sul cui piano si muove il "pensiero altissimo" che è poi in definitiva il pensiero astratto, quello filosofico-matematico, rappresentano -seppure- su un piano diverso quello stesso comune denominatore che ci lega tutti ai fondamenti della Humanitas.
E il caso del Calendario Maya lo conferma in modo evidente e lampante.

Visto che la mente umana è una, anche se è diversamente orientata.
Come affermava Claude Levi-Strauss nella sua fondamentale opera che è "Antropologia Strutturale" (1958).

Attraverso lo studio dei frammenti dello "Specchio della Specie" siamo chiamati a fondarci e a puntellarci, dunque, sull' "Universalmente Umano" che è la sola ed unica chiave di volta, di lettura possibile, per approcciarci positivamente al diverso e al molteplice culturale.

A quei frammenti Etno-Etici, aggiungerei, che ci consentono di comprendere il mondo, dietro al velo della multiformità e della poliedricità delle Forme culturali storicamente date.

In quanto espresse e rispecchiate dai Popoli in seno alle loro rispettive Civiltà e Culture, nel corso dei secoli e dei millenni.

Il Fattore Umano e i limiti invalicabili dall'Ethos

E' proprio con "l'Elementarmente Umano" che ogni società, ogni cultura e ogni civiltà storicamente data, esistita e esistente sul nostro pianeta, deve poter fare i conti.

Per tale ragione non esiste e non potrebbe neppure esistere una varietà infinita di modi, di modalità, con cui le singole società elaborano e costruiscono i loro stessi modelli sociali e culturali.

Perché il fattore umano e biologico semplicemente non lo consente, e non lo potrebbe neppure mai consentire.

Pertanto esiste effettivamente una molteplicità di società e di culture, di Civiltà, ma il numero delle loro forme possibili non è infinito.

Considerato il fatto che in ciascuna di esse viene elaborato e ri-elaborato, sebbene in modo ricco, variegato, e sostanzialmente multiforme, quel limite che ha -nell'umanità stessa biologicamente intesa- i suoi propri confini che sono invalicabili.

Scriveva, infatti, Alberto Mario Cirese nell'Opera già citata (Palermo, 2011), a tale proposito e in relazione a questo snodo ermeneutico che rappresenta un elemento-cardine negli studi Demo-etno-antropologici, la circostanza che nelle società storicamente esistite ed esistenti non possono darsi scelte che siano in-compatibili con il fattore fisico e biologico.

"Non possono darsi scelte che non siano compatibili con le condizionalità del reale nel quale siamo inseriti."

Così scriveva Alberto Mario Cirese, incontrovertibilmente.

Quel Reale nel quale de Facto esistono limiti fisico-biologici stretti e definiti e dunque non superabili in alcun modo, cioè oggettivamente in-valicabili.

Dice Alberto Mario Cirese a tale proposito:
"Si potrà obiettare al mio ragionamento che i miei esempi precedenti sono paradossali; ma se i mondi culturali sono infiniti, i casi paradossali devono esservi necessariamente ricompresi, questi e molti altri meno paradossali ma che pur sempre comportano la distruzione del gruppo.
Ci sono società che possono sottrarsi alla morte?
Non mi pare.
Basterebbe questo a dire che la morte e i vissuti della morte -terrore, accettazione, etc- possono cambiare ma il fatto di morire resta comunque lo stesso.
Ritengo che ci sia libertà di scelta, ma solo entro le possibilità del reale.
Anche le altre, se ci tenete, sono "scelte", ma i vicoli in cui immettono sono ciechi."

Però, proprio quello che a tutti gli effetti deve essere considerato come un limite invalicabile, cioè il fattore umano di natura fisica e biologica che non può essere superato né rimosso da parte di nessuna società, cultura, e civiltà storicamente esistita e esistente, risulta invece il punto di partenza valido e corretto nello studio dei popoli altri e delle culture altre, da porre in essere proficuamente nel campo delle discipline Demo-etno-antropologiche.

Perché questo aspetto, più di ogni altro, rappresenta quel terreno comune e aprioristico sul quale si inserisce la creatività insita nelle singole culture, la quale rappresenta perciò la chiave di lettura e di interpretazione delle culture "altre".

Questo è infatti il terreno da cui propriamente bisogna partire nello studio delle società e delle culture diverse dalla nostra, "altre" rispetto all'Occidente storico e alle sue pretese di "unicità culturale".

Perché gli elementi fondamentali della vita umana sono identici per tutti i popoli da che mondo e mondo, e non possono cambiare.

Quello che cambia sono invece gli atteggiamenti che di volta in volta le culture e le civiltà hanno messo in campo per fronteggiarli più o meno felicemente, ma certamente in modo ortodosso in relazione ai loro stessi parametri Etico-morali.

Di volta in volta compiendo scelte possibili e plausibili che hanno inteso affrontarli e gestirli nel modo migliore, salvaguardando quel Humus che è proprio della rispettiva Civiltà.

Si pensi alla morte, per esempio dice Alberto Mario Cirese, alla quale è impossibile sfuggire e che quindi deve essere considerata alla stregua di un dato di fatto e di un elemento preliminare, indipendentemente da qualsiasi forma culturale data.

La morte non è una scelta né individuale né collettiva, non è una scelta etica né culturale, e ad essa non è certamente possibile sfuggire da parte degli esseri umani, e più in generale da parte di tutti gli esseri viventi.
Ma quello che cambia sono però gli atteggiamenti messi in campo dalle distinte Culture nei confronti di un evento che è di per sé ineliminabile e assolutamente Super-culturale.
Le scelte comportamentali espresse dai popoli nei confronti della morte, quindi i riti, gli usi, e i costumi, nonché lo stesso atteggiamento che esprime e rispecchia il bagaglio ideale e morale messo in campo dalle rispettive culture e civiltà nei confronti di tale evento dirimente, queste sì, certamente, queste sono, invece, il prodotto di scelte culturali.
Sono scelte "etiche", dal greco Ethos.

Si tratta di scelte che sono largamente discrezionali e opzionali e che rispecchiano liberamente le caratteristiche intrinseche all'orizzonte ideale ed etico-morale proprio delle singole Civiltà e della loro "cifra" intrinsecamente creativa e poliedrica.

Queste sì, effettivamente, rappresentano i Modi e gli Istituti con cui le rispettive società e civiltà affrontano "liberamente" quell'evento che è di per sé sovra-culturale per definizione.

Latte, limone, nessuno, tutti e due

C'è da dire che i limiti dell'Universalmente e dell'Elementarmente umano valgono non solo per la biologia ma anche per il pensiero.

Perché anche la Logica che contraddistingue il pensiero degli esseri umani, in maniera peculiare, possiede ed esprime parametri che sono evidentemente inderogabili e tassativi.
La Logica esprime, infatti, una strettissima quanto stringente "parametricità" oltre la quale non è possibile procedere da parte del pensiero stesso.
Da parte di nessuna forma di pensiero, quale che essa sia.
Ciò riguarda sia i parametri fisico-biologici che quelli logici, quelli che caratterizzano la logica Aristotelica.
Dunque non solo il pensiero astratto, quello "altissimo", al quale fa riferimento Alberto Mario Cirese, ma tutto il pensiero inteso come tale e in quanto tale, considerato puramente come attività mentale.
Ecco che tali parametri non possono essere ignorati.
Perché tutto il pensiero, come tale, è soggetto ai principi fondamentali della logica, che definisce e struttura appunto "l'intero pensare" quale che esso sia, tanto

quello altissimo che quello meno alto, come dire si voglia.

Dunque, possiamo affermare che le scelte culturali non sono "infinite" e che il numero di esse è limitato, è circoscritto.
In quanto tutte le scelte possibili debbono essere necessariamente compatibili con le Condizionalità del Reale.
Esiste, certamente, per le culture e per le società/civiltà storicamente date, una qualche "libertà di scelta", cioè esistono margini di "opzionalità", ma ogni scelta è operabile esclusivamente, solo e soltanto, entro i limiti delle Condizionalità date dal Reale stesso.

Scriveva Alberto Mario Cirese, nell'opera già citata (Palermo, 2011), a proposito della libertà di scelta che è e resta comunque condizionata dai limiti del Reale.

"Faccio di solito l'esempio assolutamente fittizio del tè, e cioè che qualcuno, servendolo, chieda: latte o limone?
Di solito per il nostro gusto che considera il latte e il limone tra loro alternativi per il tè, si pensa che le risposte possibili siano tre: latte, limone, nulla.
Ma queste sono non le risposte "possibili" ma solo le risposte che nel nostro mondo (abitudini, gusti, etc.) appaiono "sensate".
In realtà le risposte logicamente possibili sono quattro: lo dice la storiella che derideva il "burino" che, alla domanda, rispondeva "tutti e due".
Ora il punto è proprio questo: che in qualunque società, quali che siano i gusti e le abitudini e qualunque sia la cosa che si voglia, le astratte possibilità logiche di

risposta a quella domanda sono: latte, limone, nessuno dei due, tutti e due.
Né una di più né una di meno.
Una condizionalità logica astratta che però non può essere scavalcata da nessuna scelta culturale anche se l'immaginario può pensarsi capace di farlo."

"Ecco dunque l'unità della specie umana, che biologicamente comincia e finisce là dove comincia e finisce la interfecondabilità, e mentalmente là dove comincia e finisce la intercomprensibilità."

in Alberto Mario Cirese "Altri sé. Per una antropologia delle invarianze", Palermo (2011).

Dunque, i limiti che definiscono l'unità della specie umana sono quelli della inter-fecondabilità nell'ambito fisico-biologico, e della inter-comprensibilità in ambito mentale.

Si tratta di limiti invalicabili che sono tanto di natura biologica che di natura mentale, di fronte ai quali qualsiasi cultura e qualsiasi civiltà deve potersi arrendere, visto che si tratta di limiti invalicabili della Specie che, come tali, non possono essere soggetti ad una possibile revisione né ad alcuna manipolazione culturale.
Perché si tratta di limiti non scavalcabili, cioè in-valicabili da parte di qualsiasi cultura, che tali sono e che tali restano, appunto, come vero e proprio sigillo della specie.

Tuttavia, è proprio su questo terreno, che è quello dell'Universalmente e, insieme, dell'Elementarmente Umano, che possiamo a ragione interagire con gli Altri Sé.

Ed è proprio partendo dall'Unità della Specie umana che si aprono quegli spazi immensi di studio e di comprensione delle Culture "altre" ad evidente vantaggio degli studi Demo-etno-antropologici.

Come la manna dal cielo

Così, quel primo pomeriggio di quel lontano sabato luminoso, quanto mai "adolescentemente" euforica mi ero messa a saltellare o, per meglio dire, a ballare come una Carla Fracci in erba davanti al mio Pc acceso, dopo aver inviato il mio stringato messaggio di risposta a John.

Sempre in attesa che lui mi rispondesse presto se non addirittura subito, immediatamente, confermando da parte sua la ricezione e la lettura del mio messaggio.

Ero rimasta perciò in piedi come una statua di sale per una buona mezz'ora, puntellata davanti allo scrittoio in attesa della risposta del mio amico italo-americano, salvo poi dirigermi in cucina per prepararmi finalmente un caffè pomeridiano.

Una tazzina di caffè bollente e nero di quelli tecnicamente perfetti, che avevo poi sorbito pian piano con tutto l'agio possibile -ma pur sempre in piedi davanti al computer-, come di norma sono solita fare a quell'ora del primo pomeriggio.

Tuttavia, restavo comunque ferma e immobile davanti alla pagina di Facebook aperta a tutto campo sul profilo colorato della mia bacheca.

In attesa della conferma da parte di John dell'arrivo e della lettura, da parte sua, del mio stringato quanto benedetto messaggio.

Ero semplicemente in attesa di una sua immediata se non addirittura subitanea, ma inequivocabile, conferma alle mie parole.

Come per rassicurarmi che il mio messaggio John l'avesse ricevuto, letto, e recepito, e che avesse preso nota del mio indirizzo di casa nonché del mio telefono cellulare, e che mi avrebbe fatto sapere poi quando avesse deciso di partire per l'Italia, perché io l'avrei aspettato.

L'avrei aspettato e sperato, come si dice.

Visto che ero pronta a riceverlo per quell'evenienza con tutta l' attenzione possibile e immaginabile.

E punto.

Niente altro e niente di più di questo era, infatti, ciò che effettivamente desideravo sapere da John.

Perché questa risposta era semplicemente quello che doverosamente mi aspettavo da lui, ovvero la sua puntuale conferma della ricezione della mia comunicazione.

E invece no, niente affatto ...

Visto che la risposta di John non era arrivata subito o immediatamente dopo, come pur sempre avevo previsto e sperato.

Dunque, avevo lasciato il computer acceso e in stand-by e mi ero rifugiata in cucina a lavare i piatti del pranzo e anche quelli della cena della sera precedente, che erano rimasti accatastati nell'acquaio per molte ore.
Considerato il fatto che quel pomeriggio ero determinata a mettere in ordine la casa e a dare una energica rassettata alla cucina, l'ambiente che soprattutto avevo trascurato in quei giorni.

Tra gli impegni di lavoro in agenzia che quella settimana erano stati più pressanti del solito, tra il fare un minimo di spesa necessaria per potermi dedicare nel week-end alle mie consuete passeggiate, oziose quanto si vuole ma a tutti gli effetti benefiche per il mio umore e dunque benemerite e sacrosante, avevo effettivamente trascurato quasi completamente casa mia, senza dubbio.
E dunque quel pomeriggio avrei dovuto mettermi di buona lena al lavoro, per rassettarla come si doveva e come periodicamente facevo o, almeno, tentavo di fare.

Questa era, difatti, un'incombenza che odiavo ma che tuttavia in quei giorni consideravo non più procrastinabile, visto il fatto che che adesso "mi toccava", come si dice in gergo.
Dal momento che per nessuna ragione al mondo intendevo vivere in una casa sporca, sciatta, e trasandata, mai e per nessun motivo.
Visto che, e qui lo sottolineo di nuovo, si tratta di preservare quel minimo di dignità personale dovuta semplicemente nei confronti di noi stessi.

Auto-tributata, per l'esattezza.

Visto che il fatto stesso di provvedere a rendere il nostro ambiente di vita più ordinato, organizzato e pulito nonché esteticamente più gradevole, significa dare voce al bisogno di tributare a noi stessi e alla nostra stessa persona quel minimo di considerazione e di decenza che certamente meritiamo.

Fatto che esprime una valenza positiva conferita alla dignità della nostra persona.

Ad implicita salvaguardia della nostra stessa mondana esistenza.

Questo succede in virtù di quel Transfer culturale e psicologico che, volente o nolente, ciascuno di noi mette in atto nei confronti della propria casa intesa come una sorta di rispecchiamento ideale (e reale) del nostro stesso Ego individuale, nel quale in definitiva consiste il concetto stesso di "nido".

Perciò, data la premessa e considerata l'urgenza di trascorrere quel sabato pomeriggio, mio malgrado, rassettando la casa, avevo lasciato il computer acceso e in stand-bye, ed ero passata a darmi da fare nelle stanze, una per una.

Oltretutto, mi ero ricordata del fatto che dovevo cambiare le lenzuola del mio letto matrimoniale e che urgeva fare un carico di bucato, visto che l'indomani mattina come ogni domenica che si rispetti avrei fatto andare la lavatrice di buon'ora.

Ragione per cui rassettando a dovere tutti gli ambienti e spalancando le finestre di casa una per una, andavo raccogliendo con scrupolo inusitato i panni sporchi vari ed eventuali che avrei collocato nel cestello della lavatrice.

Dalla tovaglia da pranzo alle lenzuola, dai canovacci di cucina agli asciugamani del bagno, alla mia biancheria personale che urgeva lavare per poi stendere sul terrazzo al sole il giorno dopo, nella speranza che ci fosse bel tempo ...

E perdonate se mi dilungo in questo mio racconto che forse potrà apparire noioso e rutinario, scontato e banale, come se fosse una specie di elenco di fatti che sono assolutamente secondari in quanto risultano evidentemente personali o addirittura personalissimi, e se vogliamo in fondo in fondo anche piuttosto insignificanti ...

Ripeto, perdonatemi la reiterazione del rutinario-banale.

Ma questo racconto relativo alle mie urgenze domestiche è propedeutico a farvi capire semplicemente la circostanza che quel fine settimana, come tutti gli altri benemeriti fine settimana dell'ultimo anno avevo da porre "in dirittura di arrivo" una lunga serie di urgenze domestiche legate, appunto, alla casa e alla sua gestione corrente e periodica.

Ragione per cui, di certo, non potevo spendere un tempo infinito quel pomeriggio, bellamente seduta davanti al mio computer aspettando "con ansia e trepidazione" la risposta di John al mio messaggio, proprio come se fosse stata per me una manna dal cielo ...
Sebbene la sua risposta fosse molto importante o addirittura importantissima, finanche imprescindibile, per me ...

Dato il mio coinvolgimento sentimentale nei confronti di John e data la mia condizione di reiterata attesa di un suo "cenno affermativo" ampiamente atteso, desiderato, e sperato.

Per il quale in quei giorni vivevo, e ve lo dichiaro Hic et Nunc, senza alcuna esagerazione.

Perché questa era la mia situazione di allora e così stavano i fatti.

Neanche una parola

Quel sabato pomeriggio mi ero data molto da fare a pulire, a mettere in ordine e a rassettare la casa, un poco come se aspettassi di lì a qualche giorno l'arrivo di un ospite di riguardo, la venuta di un ospite importante.

La mia era stata una frenesia di pulizia pura e semplice, una smania che mi aveva pervaso l'animo quel pomeriggio semi-festivo del sabato e della quale mi sarebbe piaciuto magari capirne la ragione, il senso ...

Perché quella fisima mi aveva presa con l'ansia di rassettare in ogni dove, tutto dalla A alla Z, spazzando il pavimento e passando lo straccio a destra e a manca.
Quel tardo pomeriggio, dunque, la mia casa appariva Linda e Pinta e profumata, e tutto brillava di una luce cristallina, come se fossi stata davvero in attesa di un evento importante.

Ero, quindi, arrivata alquanto stanca alle sei del pomeriggio e allora, dopo essermi preparata un caffè leggero adatto a quell'ora, avevo deciso di interrompere definitivamente qualsiasi altro lavoro domestico rimandandolo alla settimana successiva e invece avevo deciso di mettermi comoda davanti al Pc, lasciato giusto in stand-by ore prima.

Visto che alla fin fine un poco di riposo me lo meritavo anch'io, no?

A quel punto, con la tazzina di caffè fumante e zuccherato collocata sul suo piattino di porcellana bianca, tanto per fare le cose perfettamente, mi ero definitivamente accomodata con agio, seduta comoda allo scrittoio davanti al computer acceso.
Per dare un'occhiata al mio Facebook e soprattutto, in primo luogo al Messanger del Social.
Con l'intenzione di leggere finalmente, Si Deo placet, che cosa mi aveva poi risposto John dal quale mi aspettavo di ricevere –perché no?- anche una parola di gentile ringraziamento, almeno en passant.

Sbagliavo?
Chissà ...

Visto che sarebbe stato corretto, a quel punto, formulare un "grazie" da parte sua nei miei confronti.
Almeno credo ...

Perché, personalmente, io avrei fatto la stessa cosa trovandomi a parte invertite al suo posto.
Visto che alle quattordici p.m mi ero precipitata a rispondergli e mi ero "sbracciata" a dargli il mio indirizzo di casa e il mio numero di telefono, sempre con sommo garbo e gentilezza comunque, come del resto mi sembrava giusto fare, ma pur sempre con immediata premura.

Per il semplice fatto che mi faceva piacere ospitare John a casa mia quando fosse arrivato a Roma, in transito -da o per- Latina.

E l'avrei ospitato senza fiatare, oltretutto, costasse quel che costasse per me, per quel tanto o per quel poco tempo che fosse stato, perché questo davvero non mi importava.
Visto che il nostro futuro incontro a Roma sarebbe stato una perfetta occasione, la migliore in assoluto tanto per me che per lui per conoscerci, cosa alla quale effettivamente tenevo molto.

Dunque, con la tazzina di caffè posata sullo scrittoio all'altezza della mia mano destra, mi ero finalmente seduta e avevo riattivato il PC che, dallo stato letargico di soprammobile moderno e futuribile, era immediatamente ritornato in vita.
E subito ero andata sulla mia pagina di profilo e nella bacheca laterale dei messaggi, senza trovare però il messaggio di John.
No, il messaggio non c'era.

E anzi, risultava che nel corso delle ore trascorse dal mio invio, lui non l'avesse neppure aperto e quindi neanche letto.
Questo risultava "tecnicamente" dalla pagina e sulla pagina, ad onore del vero.

Il mio messaggio era stato inviato, sì, ma lui non l'aveva fino a quel momento aperto.

"Poco male", mi ero detta, visto che John avrebbe letto il mio messaggio e mi avrebbe risposto magari qualche ora più tardi, come sensatamente potevo immaginare.

Perché nelle tele-comunicazioni con l'altra parte del mondo, quelle destinate ad oltre-Atlantico nella fattispecie, com'era nel mio caso, esiste un problema di tempi, che è quello relativo al differente fuso orario tra noi e loro, tra l'Europa e l'America ...

Un fatto determinante di per sé, ritengo, e che nelle telecomunicazioni gioca un ruolo fondamentale, mi dicevo, circostanza della quale sono peraltro pienamente cosciente.

Però, certo, ad essere sincera -fino in fondo-, mi sentivo un po delusa, inevitabilmente ...
Tuttavia, l'idea della difficoltà costituita dal diverso fuso orario anche nelle telecomunicazioni di vario genere tra questi due continenti lontani, mi rendeva in un certo qual modo serena e fiduciosa, nel fatto che qualsiasi disguido si sarebbe presto risolto.

E che, altrettanto presto, avrei ricevuto la risposta da parte di John alla mia comunicazione.
Magari all'improvviso, forse proprio quando meno me la sarei aspettata.
Magari l'indomani stesso ...

Elogio del Pensiero

Il giorno dopo, la domenica mattina, mi ero svegliata e alzata di buon'ora in preda ad un grande entusiasmo.
Infatti, sentivo a pelle un entusiasmo quasi incontenibile e una grande carica di ottimismo, complice certamente l'arrivo della primavera ...
Mi sentivo improvvisamente piena di brio e di vitalità, quella mattina.
Evidentemente ero felice ...
E qui, in questo caso, uso il verbo Essere e non Sentire, perché la Felicità è una condizione dell'Essere e come tale è oggettiva, sebbene venga esperita e fruita soggettivamente.

Perché avevo la certezza, e lo sentivo distintamente, che John mi avrebbe risposto da un momento all'altro, quel giorno stesso.
E così, per questa ragione, avevo deciso di restare a casa tranquillamente senza andare oziosamente in giro per la città, com'era mia abitudine fare il fine settimana. Invece, mi era sembrato il caso di aprire un libro e di mettermi a leggere sul balcone, per meglio dire -a studiare- al sole, visto il bel tempo di quella mattina domenicale.

Avevo perciò deciso di continuare a concentrarmi sul bel saggio di Alberto Mario Cirese, del quale vi ho riportato in precedenza alcuni brani salienti, (Palermo, 2011).

Perché, certamente, i passi che in questa mia Opera riporto e commento sono pochi, almeno rispetto alla totalità degli argomenti affrontati e delle risposte formulate e offerte dall'Antropologo molisano al pubblico di lettori e di studiosi della disciplina.

Si tratta di pochi passi ai quali ho accennato nel corso di queste pagine, è vero, ma che rappresentano pur sempre uno specchio relativamente fedele del contenuto del Saggio nel suo insieme.

Visto d'altronde il fatto che non mi sarei mai permessa di travisare in alcun modo il pensiero di Alberto Mario Cirese, dato il mio rapporto di amicizia personale con Lui che è stato oltretutto il Relatore della mia Tesi di Laurea in Filosofia nel 1990, e al quale tributo il mio più sentito Omaggio e al quale, come in precedenza dicevo, dedico questa mia Opera.

Quindi, sentivo pressante in quel mentre il bisogno intellettuale di concentrarmi sulla lettura del saggio, in quella luminosa mattina di inizio di primavera, visto che la mia "quadratura" intellettuale e morale, per dirla con Antonio Gramsci, evidentemente lo esigeva.

E visto oltretutto il fatto che noi esseri umani non siamo monadi atomizzate come sempre il Potere vorrebbe farci credere di essere e che perciò in qualche modo, quale che esso sia, dobbiamo aprirci al mondo e alla società nel suo complesso.

E questo fatto lo intendo al pari di un Imperativo Categorico di Kantiana memoria.

Sicuramente, ciascuno di noi mette capo a tale apertura verso il mondo a modo proprio, mercé il proprio peculiare percorso di vita giustamente confacente alla sua propria personalità e coerente con le sue inclinazioni.
E il mio carattere e le mie personali inclinazioni da sempre propendono per il Mondo e per la Storia, che in definitiva sono anche i due poli fondamentali nella/della nostra esistenza, quelli che incarnano e che rappresentano i due grandi parametri e contenitori, che sono rispettivamente quello dello Spazio e quello del Tempo.
Parametri e contenitori, questi, che gli studi Demo-etno-antropologici approfondiscono e illustrano ab Origine.
Ovvero, i parametri delle Civiltà e delle Culture, nonché quello della Storia, del Tempo diacronico.

Quindi, la mattina di quella domenica avevo deciso di dedicarla interamente alla lettura e allo studio dell'Antropologia Culturale intesa come disciplina sociale e filosofica.
E come disciplina Morale.
Com'era giusto che facessi, del resto.
E soltanto nel tardo pomeriggio avrei acceso il computer per prendere visione della risposta che presumibilmente John mi aveva già inviato, rispondendo al mio messaggio del giorno precedente.

Il fatto è che, almeno personalmente, parto dal presupposto che qualunque sia l'oggetto della nostra

riflessione, non si deve mai smettere di pensare, perché il pensiero è letteralmente la nostra forza.
Perché il pensiero è letteralmente la nostra vita.

Visto che niente più del pensiero, soprattutto di quello astratto e disinteressato, cioè del pensiero filosofico, ci consente di essere pienamente noi stessi e di esplicare la nostra più profonda ed essenziale natura che è eminentemente ultra-storica e ultra-culturale e che si esprime proprio nell'esercizio del pensiero stesso.

Del pensiero logico e astratto, che rappresenta la Forma Princeps della natura umana e che incarna nella sua interezza e nella sua peculiare coerenza quella Humanitas che caratterizza -nelle distinte modalità e attitudini- l'espressione più coerente e più profonda della nostra vita tanto individuale che collettiva e dunque sociale.

Infatti, quale connessione esiste tra il pensiero logico e la socialità?
Me lo domando.
Pensare "astrattamente e disinteressatamente" ci consente di guardare il cielo e non solo la terra sulla quale faticosamente i nostri passi si muovono nel Cotidie rutinario e mondano-fattuale.
Visto che -almeno personalmente- intendo vivere la mia vita "come si deve", tenendo lo sguardo puntato verso l'alto e non verso il basso.
Non raso-terra, non sulla bruna e brulla terra, sulla quale il nostro cammino fisico faticosamente procede nel quotidiano rutinario.

Invece, puntare lo sguardo verso l'alto, verso il cielo, dove si alternano sole e nuvole, pioggia e vento, luna e stelle, e dove i cirri corrono disegnando evanescenti trame e stravaganti forme, nell'aria ...

Il pensiero astratto e disinteressato si esprime, infatti, tanto nel pensiero Etico che in quello Estetico, poiché questi sono i due poli "universali" sui quali il pensiero astratto, il pensiero filosofico, si concentra ed eminentemente si esprime.
Sono questi i due poli "universali", in quanto restano trasversali alle Culture e alle Civiltà, rappresentando ed esprimendo sul piano della Storia le categorie dell'Etica e dell'Arte.
E questi sono, anche, i poli ideali che in senso Socratico e Platonico sono incarnati dai termini di matrice universale, di "Buono e di Bello", di "Calòs e di Agathòs".
Concetti, entrambi, in grado di superare i limiti delle Civiltà e delle Culture regionali storicamente date, storicamente esistite ed esistenti, per porsi come "ideali assoluti e universali", espressione entrambi della umana quanto a-storica condizione.
Concetto-cardine quest'ultimo, reiterato da Alberto Mario Cirese proprio nell'espressione di "Universalmente umano".

Per questo motivo, tanto l'Etica che l'Estetica rappresentano categorie che sono -e che restano- tanto rilevanti e tanto assolutamente dirimenti in tutte le Civiltà storicamente date, dunque esistite ed esistenti sul nostro pianeta.

Io a Roma e Lui in Illinois

Così era trascorsa l'intera giornata della domenica e all'ora di pranzo mi ero affacciata sulla sponda della mia pagina di profilo Facebook per dare un'occhiata ai messaggi in arrivo, ma di messaggi non ce n'erano.
No, niente, non c'erano messaggi in arrivo …
La stessa cosa avevo fatto la sera dopo cena, prendendo atto piuttosto delusa dell'assenza di una risposta al mio messaggio.
Visto che non mi potevo nascondere il fatto che John non solo non mi aveva risposto, ma che non aveva neppure aperto il mio messaggio, quel messaggio che con premura gli avevo inviato proprio nel pomeriggio di venerdì, ormai due giorni prima.

Possibile mai?
Sì, era possibile.

Pensavo che magari, forse, nel corso del fine settimana John avesse avuto da fare in famiglia, oppure che si fosse recato fuori città …
Perché in fondo, pensavo, gli United States sono grandi ed estesi e percorrere anche soltanto lo Stato dell'Illinois non dev'essere cosa da poco, non dev'essere affatto una cosa da poco …

Che cosa mi facesse pensare questo, davvero non saprei dirlo, non ne ho idea ...

Alla fine della domenica, dunque, arrivata alla sera e avendo perso ormai la speranza di vedere comparire per quel giorno la risposta del mio amico telematico sulla mia bacheca di Messanger, ripeto, almeno per quella sera, mi ero sentita alquanto rattristata e con un certo qual malanimo in fondo al cuore.
E mi baloccavo così con questi pensieri che avrebbero dovuto in qualche modo confortarmi e placare in me quel sentimento composito di dispetto e di preoccupazione che ci viene inevitabilmente da questo genere di situazioni, nelle quali l'impulsività ci spingerebbe ad agire commettendo probabilmente degli errori insanabili sia nel merito che nel metodo ...

Invece, sarei andata a dormire di lì a poco, visto che si erano fatte già le nove, cioè le ventuno passate, e che per la mattina seguente avevo caricato la sveglia alle sette in punto, di buon'ora come sempre.
Dovendo uscire di casa alle otto e mezza per raggiungere a piedi l'agenzia di viaggi non lontana da casa, ed essere alle nove in punto in grado di varcarne la soglia.
Come sempre facevo, del resto, da quasi un anno a quella parte con assoluta regolarità, com'era definitivamente dovuto da parte mia nei confronti dell'impegno di lavoro e della titolare dell'agenzia.

Però, dato il fatto che sono un'ottimista inguaribile per mia natura e formazione e dato che sono solita -e incline- a vedere sempre il "bicchiere mezzo pieno"

come si dice popolarmente, e visto che tendo a "sperare per il bene e per il meglio", e considerato il fatto che pretendo di vedere e di pensare positivamente la realtà, quella sera della domenica non ero poi, in fondo in fondo, così tanto scoraggiata come potrebbe sembrare…
Nonostante l'assenza di una risposta da parte di John e nonostante, quindi, il suo silenzio assordante …

Perché, personalmente mi sforzo di cancellare dalla mia mente -sempre e comunque- l'idea di un mondo cattivo costellato di persone malevole e malefiche che "ce l'hanno con me" e che non vedono l'ora di nuocermi in qualche modo, quindi di colpirmi e di affondarmi …
Come succedeva nelle battaglie navali giocate sui banchi di scuola all'ora di ricreazione, alle soglie della nostra adolescenza …
Perché nonostante l'Incipit deludente, non mi sentivo a dire il vero così tanto scoraggiata e neppure così tanto disillusa dalla situazione, strano a dirsi, ma potete credermi sulla parola …

Perché, per l'Amor di Dio, non è questo il mio punto di vista sulla vita e sul mondo, e ad essere sincera confesso che tale non è neppure mai stato, per mia fortuna, il mio punto di vista sulla vita e sul mondo …
Perché anche questa è una fortuna, ed è inutile stupirsi.

Cioè il fatto di vedere il mondo con le "lenti rosa" dell'affettività, della umana comprensione e della tolleranza, è a mio avviso un atteggiamento che ritengo in assoluto un bene e non un male, come molti in buona fede credono.

Sono ottimista e speranzosa per mia natura, questo è certo, e la tolleranza e la comprensione -fino a prova contraria- sono sempre stati i capisaldi fondamentali e fondanti del mio pensiero, della mia ottica.
Della mia "Weltanschauung", come si dice in linguaggio filosofico.

Dai quali, oltretutto, non demordo e non intendo demordere per nulla al mondo, sia quello che sia e vada come vada la mia vita, e con essa i miei rapporti con gli altri e con l'intera società.
E punto.
Dunque, mentre il sole tramontava e faceva capolino in me una punta di sconforto nel mio animo vagamente disilluso, con tutto ciò mi dicevo che John presto o tardi mi avrebbe risposto e che prima di ogni risposta, certamente avrebbe letto il mio messaggio che sarebbe apparso ai suoi occhi evidentemente amorevole e rassicurante.

Così mi dicevo, quella sera.
Mi dicevo sostanzialmente che John avrebbe letto il mio messaggio un giorno o l'altro e che presto o tardi mi avrebbe risposto dovutamente e rispettosamente.
Visto che lui era un uomo bene educato e sensibile per sua natura, e visto che era certamente preciso e puntuale nei suoi rapporti con gli altri, e che per tale ragione non sarebbe mai stato né scorretto e neppure sgarbato con me.
Anzi, meno che mai con me.
Perché tale atteggiamento da parte sua non avrebbe avuto senso nei miei confronti e sarebbe stato, invece, profondamente illogico.

Cioè, profondamente in-sensato.

Alias, non dovevo temere niente di negativo da parte di John, niente, assolutamente.

Almeno, alla fine della domenica la vedevo così.

Ero arrivata pian piano e forse inconsciamente a questa conclusione che sarebbe rimasta, nonostante tutto, ferma nella mia mente.

Come un caposaldo di qualche tipo, come un punto cardinale, nonostante ogni apparente e contraria evidenza.

Perché tale era l'idea che di John mi ero fatta nel corso di quel tempo, frequentandolo in modo semplicemente virtuale, sì, ma purtuttavia costantemente, giorno dopo giorno.

Tanto da comprendere alcuni lati del suo carattere che del resto, come vi ripeto, non mi erano affatto sfuggiti.

E questa era realmente l'unica ancora di salvezza alla quale sensatamente potevo aggrapparmi.

Visto il fatto che non ne avevo altre e che io e lui eravamo in quel mentre molto lontani, anzi, lontanissimi.

Io ero a Roma e lui era a Chicago, in Illinois ...

Però, il fatto stesso di aver afferrato in qualche strano modo (ma non poi tanto strano) il suo carattere e di aver colto alcuni lati positivi della sua personalità, mi confermavano in questo mio reiterato atteggiamento fiducioso e ottimistico nei confronti di John ma anche di fronte a possibili eventi futuri.

Uscire dall'orizzonte altrui

Mentre i giorni passavano e l'invio del mio messaggio a John si allontanava sempre di più nel tempo, un poco come si allontana nello spazio la terra che vediamo dal finestrino dell'aereo in decollo, così anche quell'evento che era stato tanto importante e tanto dirimente per me, a torto o a ragione, si perdeva nel tempo-spazio della mia coscienza, naufragando nel silenzio-assenso.
Quell'evento si perdeva man mano, dunque, nelle nebbie del tempo ...

Nel corso dei primi giorni e delle prime settimane, tuttavia, ero stata ferocemente combattuta dall'idea di scrivere un altro messaggio a John e di domandargli che cosa gli stesse succedendo o che cosa gli fosse successo, visto che il messaggio che gli avevo inviato tempo prima non risultava che lui l'avesse mai aperto e quindi mai neppure letto.
Non l'aveva letteralmente degnato di uno sguardo il mio messaggio, il caro John, perché questa sembrava essere la realtà.

E gli avrei domandato, nel nuovo messaggio, soprattutto perché, per quale ragione apparentemente senza motivo, lui avesse deciso di cancellarmi dalla sua vita di punto in bianco e dal giorno alla notte.

Questo gli avrei chiesto, visto che in definitiva era proprio questo il nodo dell'enigma.

Perché la s-considerazione della nostra persona è di per sé un fatto che ci turba immensamente e che ci affligge oltremodo e a lungo.

Proprio a ragione della profonda insensatezza e della implicita penalizzazione a cui mette capo nei nostri stessi confronti.

Nei confronti della nostra stessa vita e del nostro precipuo individuale valore, di esseri umani senzienti e pensanti, si badi.

Proprio questo è il fatto, comunque la si metta, e in questo consiste soprattutto il dramma "morale" incancellabile di ogni delusione sentimentale e prima che sentimentale, affettiva, quale che essa sia.

Si tratta del venir meno, dello scemare, della considerazione dimostrata dall'altro per noi e che dunque, coerentemente sebbene in senso negativo, egli manifesta e palesa nei nostri confronti.

Indipendentemente da chi egli sia, fosse pure un genitore, un nonno, un fratello o un figlio, un amico, un amante, o un marito.

Perché la cosa non cambia e perché il portato lesivo di questa presa di posizione da parte altrui nei nostri confronti e vieppiù nei confronti della nostra Humanitas è proprio ciò che deprechiamo e che non tolleriamo, e che in linea di principio non possiamo né potremmo mai tollerare …

E' proprio in questo che consiste, infatti, la ragione profonda della sofferenza che viviamo nei casi di abbandono da parte di qualcuno dei nostri cari, che è a sua volta un sentimento strutturalmente simile all'esperienza della morte e del lutto.

E' un sentimento che come tale, difatti, ha bisogno di un periodo di elaborazione e di ri-elaborazione, più o meno come succede nell'esperienza della morte di un nostro amato caro, alla volta familiare o amico, e perciò nel lutto in sé e per sé.
Perché, essenzialmente, l'abbandono fisico oppure quello "semplicemente affettivo" è il prodotto tangibile della sortita, della dipartita della nostra persona dall'orizzonte dell'altro.
E'né più e né meno che questo.

Eppure, questa sconvolgente Verità, che è una pura e semplice Realtà a guardare bene, tendiamo possibilmente a nascondercela, semplicemente non chiarendola fino in fondo a noi stessi e lasciandola trapelare a stento, in una sorta di gioco di luci e ombre ...
Non siamo con noi stessi sufficientemente chiari e sinceri proprio nei frangenti di tali difficili situazioni, quelle che evidenziano da parte altrui la negazione della nostra stessa vita, della nostra stessa esistenza, in tutto o in parte.

Eppure, esattamente così stanno le cose che ci piaccia o meno, poiché il problema sta proprio nella oggettiva durezza della Realtà di fronte alla quale ci confrontiamo, muniti soltanto dei nostri deboli strumenti che constano di una possibile quanto flebile speranza in un cambiamento dello stato attuale delle cose, che generalmente non dipende affatto da noi.

Per tale ragione la scomparsa, l'eclissi della nostra persona in tutto o in parte dall'orizzonte della vita e del pensiero altrui, rappresenta una sorta di duplice morte, che è insieme quella nostra e quella altrui.
Quella nostra e quella di colui che reiteratamente ci nega, rimuovendoci dalla sua stessa esistenza quasi sempre globalmente ed ex Abrupto .
Ma ciò che soprattutto dobbiamo comprendere è il fatto che ogni abbandono affettivo costituisce e rappresenta un lutto vero e proprio per chi lo subisce, e tale deve poter essere considerato a tutti gli effetti.
E questo lo dobbiamo riconoscere a noi stessi in primo luogo, proprio per forza di cose.
Si tratta di un gioco-forza, puramente tale.

Quindi, avevo incassato il colpo e, appunto, con il passare del tempo, con il trascorrere sistematico delle settimane e poi dei mesi, stavo giusto tentando di rielaborare il mio lutto.
Degnamente e filosoficamente, cioè alla luce di una coscienza più matura orientata in senso spirituale e cosmologico e, direi, universalistico.

Probabilmente avevo commesso degli errori, mi dicevo, che adesso necessariamente pagavo o che certamente avrei pagato nell'immediato futuro.
Certo, elaboravo il mio lutto come meglio potevo in quel periodo, visto che con John non mi era stato possibile neppure iniziare un rapporto vero e proprio, un

rapporto che fosse stato minimamente reale, che sortisse dagli schemi angusti e omologanti della pura e semplice virtualità.

Eppure con tutto ciò, e nonostante ciò, anche la "semplice" virtualità era riuscita a coinvolgermi e ad ammaliarmi quanto bastava, almeno tanto da soffrire di questo abbandono improvviso da parte del mio amico virtuale.

Così, ogni tanto andavo a spiare sulla pagina del profilo Facebook di John, alla ricerca di sue notizie, tentando di carpire l'evenienza di una novità di qualche tipo, come per esempio l'apparire di una nuova fotografia oppure di un nuovo video, oppure di un trafiletto di recente pubblicazione adorno della sua cornicetta colorata ...
E invece no, era del tutto inutile.

Perché sulla pagina di John tutto taceva, visto che era rimasta proprio come lui l'aveva lasciata a partire dal giorno della sua scomparsa virtuale.

E tutto sembrava, appunto, silenzioso e immobile sulla pagina colorata del suo profilo Social e per me che non avevo amici virtuali in comune con lui, mi sarebbe stato difficile domandare a chicchessia sue notizie.
Oltre al fatto che tale ricerca di informazioni sul conto di John, mi sembrava anche socialmente improponibile.

E se John, invece, fosse morto?

La Miracolosa Molla della Scrittura

A dire il vero non avrei mai immaginato, per quanto avessi sempre avuto una fervida fantasia, che dopo il mio messaggio di quel primo pomeriggio di quell'ormai remoto sabato di primavera, un giorno che si allontanava sempre di più dal mio orizzonte temporale e che adesso, oggi, mi sembrava remoto più della luna nel cielo di mezzogiorno, non avrei mai più sentito John.

No, davvero, questo non l'avrei realmente mai immaginato, neppure nei miei sogni più tristi e più infausti.

Evidentemente tale "enigma" -perché tale era e tale restava per me- faceva parte ed era un tutt'uno con l'esperienza che in definitiva, in toto e in blocco, avrei avuto di John e che era stata un'esperienza esclusivamente virtuale.

E qui uso il termine "virtuale" non tanto e non perché l'esperienza di cui vi ho parlato fin qui non fosse stata anch'essa un'esperienza "reale", giacché veri e reali erano stati i sentimenti che la persona di John aveva indotto e infuso nel mio animo.

Ma semplicemente perché la mia esperienza amicale e para-sentimentale, che dir si voglia, con John non aveva potuto mai valicare i limiti angusti e circoscritti del Web.
Di Facebook e della sua specifica virtualità.

Quei limiti che sono rigorosamente digitali, cioè che non implicano, come tali e per loro natura, un rapporto diretto, cioè fisico, con l'altro.
Pur essendo anche questa a tutti gli effetti un'esperienza Vera e Reale, sia chiaro.
Un'esperienza che io definisco "virtuale" in quanto è inerente ad un rapporto che esclude drasticamente e per principio il contatto fisico, pur rappresentando comunque un'esperienza umana "autentica" a tutti gli effetti.

Da allora, da quel giorno lontano, erano passati molti mesi.
Da quel pomeriggio luminoso e mite che probabilmente non dimenticherò mai.

Era trascorsa tutta la primavera splendida e luminosa che proprio allora cominciava, come era trascorsa poi tutta l'estate, calda e lunghissima ...
E così era trascorso anche l'autunno quasi interamente a dire il vero, visto che si era in quei giorni proprio alla fine del mese di novembre.
E tutto questo tempo era passato senza che io avessi mai ricevuto quel famoso, tristemente tale, messaggio di risposta da parte di John al mio messaggio puntuale e preciso che nasceva come risposta alla sua domanda.

Quel mio messaggio sfortunato che si perdeva adesso nelle nebbie dei mesi andati, finiti, conclusi, e trascorsi irrimediabilmente ma che, per assurdo che fosse e che sembrasse, con estrema facilità potevo in qualsiasi momento leggere e rileggere a piacimento nella mia bacheca di Messanger in Facebook.

Però con il passare dei mesi, alla fin fine come per qualsiasi evento triste e in qualche modo dolente, mi ero rassegnata a non ricevere presumibilmente mai più una risposta da parte di John, due righe e magari anche un "grazie" a quel mio sfortunato messaggio nel quale oltretutto mettevo John decisamente a parte della mia vita concreta e reale.
Fatto non trascurabile, di certo, perché degno di uno slancio di fiducia da parte mia nei suoi confronti.
Dal momento che l'indirizzo di casa nonché il proprio numero di telefono non sono oggettivamente poca cosa, non sono esattamente delle "briciole" e non si danno al primo venuto ...

Dunque, sovente mi dicevo, proprio pensando a quel mio messaggio e alla risposta mai ricevuta da parte di John, che l'essere umano ha non soltanto una grande capacità di sopportazione e di aspettativa, ma possiede anche una enorme capacità di adattamento fisico e morale, nonché di rimozione pressoché completa dal bagaglio della propria memoria della congerie di eventi negativi, infausti, e avversi.
Questa è la verità, mi dicevo.

Perciò, io come chiunque altro al mio posto, avevo reagito ragionevolmente a quella delusione inaspettatamente e gratuitamente inferta al mio animo, dal mio amico virtuale al quale, oltretutto, tenevo molto.

E anche se senza riuscire a darmi una spiegazione precisa e definitiva del comportamento apparentemente strambo e insensato di John, avevo comunque formulato delle ipotesi a loro modo credibili intorno alle ragioni presunte di quel fatto e propendevo ad avallarne un paio, considerate da parte mia come le più attendibili, come le più probabili.
Comunque fosse, peraltro, quelle due ipotesi restavano pur sempre dubbie e dubitative, sebbene fossero in grado di delucidarmi almeno parzialmente intorno alle ragioni di quello strano fatto occorso tempo prima. Proprio nei meandri dei rapporti virtuali intrattenuti tra me e John in seno al Social Network più noto del mondo.
Qualcosa, pensavo, doveva per forza essere successo nella vita del ragazzo italo-americano, il quale si era di punto in bianco eclissato dal mio orizzonte quotidiano, probabilmente per sempre.

La prima ipotesi che mi veniva in mente ripensando ai fatti, era certamente un'ipotesi drammatica, senz'altro.
Tale ipotesi, che chiaramente avrete compreso, mi veniva in mente all'istante, proprio ripensando a tutta la vicenda.
Esemplificata non solo dalla negativa della risposta al mio messaggio da parte di John ma, ancor prima, dalla negativa della lettura stessa del mio messaggio da parte sua.
Quel messaggio che, si badi bene, nasceva proprio con l'intento di soddisfare la sua domanda sorta di necessità

in vista del suo viaggio imminente in Italia e del nostro
supposto quanto probabile incontro a Roma.

Perciò, la prima ipotesi che mi veniva dato
spontaneamente di formulare aveva a che fare con la
morte di John.
Magari, si era trattato di una morte improvvisa e
inaspettata, pensavo, che forse aveva avuto luogo nel bel
mezzo dei preparativi "morali e materiali" al suo
viaggio in Italia rispetto al quale John si era mostrato
entusiasta e oltremodo felice.
Come entusiasta e felice, John sembrava mostrarsi di
fronte all'idea di conoscere Roma e di conoscere me
personalmente.
Almeno questo era ciò che avevo compreso ed afferrato
dalle parole e dai discorsi di John.
E mi sembra veramente molto difficile il fatto che nel
valutare le sue parole e i suoi discorsi in qualche modo
mi fossi sbagliata.

Però, per carità, tutto è sempre possibile ...

La seconda ipotesi che potevo formulare, consisteva nel
drastico cambiamento di idea da parte di John
relativamente al suo incontro con me a Roma.
Per ragioni che ignoro totalmente e che neppure riesco
ad immaginare, da un momento all'altro, letteralmente,
lui poteva avere cambiato idea sul conto del suo viaggio
a Roma e soprattutto sull'incontro con me, senza però
avere il coraggio di dirmelo apertamente.
Perché anche questo può succedere "a sto mondo", visto
che nella vita realmente tutto è per principio, almeno

ipoteticamente, sempre possibile e niente deve potere essere escluso a priori.

E proprio partendo da questo "enigma" umano e sociale che ad un certo punto, un giorno bello, luminoso, e creativo quanto più non si può, avevo deciso di scrivere, raccontando i contorni di questa mia dubbia vicenda.
Perché questa storia era davvero troppo strana per tacerla, mi dicevo.
Questa di scrivere era una cosa che avevo pensato di fare dal giorno alla notte, letteralmente, Sic et Sempliciter, aprendo la pagina bianca e intonsa del word pad.

Senza chiedere a me stessa niente altro che di abbandonarmi "anima e core" alla corrente fluida e fluente delle parole e dei pensieri, alla loro pura e semplice musicalità, alla loro pura e semplice sinfonia ...
E da quel momento in poi avevo scritto regolarmente.
Scritto e scritto, e ancora scritto ...
Il resto lo sapete, perché ve ne ho già parlato all'inizio di questa mia opera.

Perché, la molla della scrittura è un "vezzo" antico, atavicamente connaturato in noi e sempre latente nel profondo del nostro Ego.
E' un vezzo in qualche modo conclusivo del nostro percorso mondano e proprio per questo è universalmente umano.

Rosso di Sera

Era stata una giornata di lavoro davvero molto intensa e faticosa, quella trascorsa in agenzia durante quel lungo giorno.

Il fatto era che avevo dovuto sostituire la mia collega Anna che si trovava quella settimana giusto in viaggio di lavoro in Turchia e per la precisione nella suggestiva città di Istanbul.
Ex Costantinopoli ed ex Bisanzio, Istanbul è una città che custodisce nel suo antico seno una lunga e veneranda storia, un poco come Roma e Atene.

In mattinata, Anna mi aveva inviato per messaggio sul telefonino una foto che aveva scattato la sera precedente sulla terrazza panoramica del Hotel nel quale era ospite.
Era una terrazza molto bella ed elegante che prospettava direttamente e romanticamente sul Bosforo visibilissimo nella fotografia, che lei aveva corredato per giunta con un'allettante didascalia che diceva pressappoco queste parole, "Qui è bellissimo!".
Semplicemente.
Queste, infatti, erano state le parole che Anna mi aveva scritto quella mattina, sottolineando la bellezza dell'immagine già di per sé stupefacente di quel luogo

"topico" e suggerendomi in tal modo, volente o nolente, anche uno spunto interessante ed istruttivo per un mio possibile viaggio futuro.
Perché no?

Mi ero detta incoraggiandomi, visto che quello a Istanbul sarebbe stato un viaggio non solo possibile ma certamente anche fattibile e come tale da mettere in calendario, in agenda.
In questo caso mi sentivo sollecitata tanto dalla storia che dall'arte di cui la città di Istanbul è ricca, al pari di Roma e di Atene.

Quindi, quel pomeriggio rientravo a casa molto più tardi del solito, non certo alle comode due e mezza/tre del dopopranzo, ma ben oltre le cinque.
Tanto che già nel cielo della prima sera cominciava ad albeggiare uno strepitoso tramonto.
Un tramonto assolutamente mozzafiato, spettacolare, furioso e furibondo, come non è raro vedere nei cieli di Roma soprattutto in primavera.
Perché quelli sono tramonti "tragici" che inondano la luminosa volta della Urbs Aeterna, avvolgendola in un manto policromo e lucente.
Diamantino ...

E quello era un tramonto che cominciava a striare il cielo, ancora azzurrato, di cirri rosa-arancio in fuga verso altri lidi.
Sicuramente verso lidi lontani.
Chissà che proprio quei cirri screziati di rosso-arancio non fugassero verso la remota Istanbul e verso il

Bosforo tranquillo, che occhieggia dalle sue acque scure la sera incipiente...
Sarebbe stato lì un tramonto vespertino che nel vento dell'occaso avrebbe sfiorato come una soffice mano guantata di rosa purpureo le cupole della Basilica di Santa Sofia e del Topkapi, l'antico Palazzo del Sultano Ottomano d'Oriente ...

E guardando la meraviglia del cielo serale che avevo dinnanzi ai miei occhi, quel cielo dipinto di tenerissimo e languido e liquido azzurro temperato che naufragava tra i cirri striati di rosso ancora saturi di sole, stranamente associavo queste immagini corali a rare e sparute suggestioni di ispirazione orientale ...

Perché al rosso pompeiano del cielo romano si mescolavano stranamente, nella mia fantasia, suggestioni di moschee imponenti e di minareti aerei che attendono silenziosi il sopraggiungere della notte.
Come si mescolavano alle immagini di mezzelune dorate e di cupole a mosaico azzurro-turchesi, il fiume Tevere e il Bosforo, il Sole e la Luna, il vento aranciato del vespro che sospinge le stelle sulle ali argentee della notte incipiente...

Era tutto quello che la mia fantasia si compiaceva di connettere, di coniugare, di associare, e di amalgamare anche disordinatamente in un collage poetico e straziante, in quel momento ...

E mi ero detta che arrivata dov'ero, a questo punto, un bel viaggio realmente lo avrei meritato anch'io, ma non un viaggio di lavoro come quello di Anna, no, perché il mio doveva essere un viaggio di piacere, soltanto di piacere.

Sì, lo meritavo proprio un viaggio di piacere, senza ombra di dubbio ...

Così mi dicevo, mentre camminavo a passo cadenzato in direzione di casa, sempre tenendo gli occhi fissi al cielo della sera ...

E camminando pensavo che la Scrittura, che il "vezzo universalmente umano" della Scrittura, mi aveva nutrita e insieme depurata da tossiche scorie che evidentemente erano rimaste a vagare nel fondo oscuro ed insondabile del mio animo.

Nel luogo dove inaspettatamente e involontariamente da parte nostra confluisce tutto quello che rifiutiamo, che detestiamo e che rifuggiamo, e che perciò vale la pena di bonificare, "Licet in Anno", comprendendo e razionalizzando la Realtà a partire da noi stessi e dal nostro Freudiano Ego.

Perché l'opera di razionalizzazione del mondo e di noi stessi è parte integrante di quella componente "Universalmente Umana" di cui parlava il professore Alberto Mario Cirese, al quale va ancora il mio pensiero e il mio ricordo e con esso il mio eterno tributo di gratitudine a vita, nei suoi confronti.

E mentre mi trovavo proprio a due passi dal portone di casa mia, dall'altro lato della strada sul marciapiede opposto, avevo intravisto una bella figura di uomo, di giovane uomo, in piedi fermo con un vistoso mazzo di fiori in mano.

L'avevo guardato di sfuggita semplicemente per pura curiosità (visto che non sono solita fissare gli uomini), forse senza neppure vedere bene il suo viso.
L'avevo guardato di sfuggita con involontaria curiosità, e mi era sembrato nuovo del quartiere, forse perché era arrivato da pochi giorni …

Ma nel tempo di infilare la chiave nella serratura del portone, lui si era avvicinato a me porgendomi il suo bellissimo mazzo di fiori, che era un mazzo di rose rosse vermiglie sommamente profumate.

"Sono per te", mi aveva sussurrato lui porgendomi i fiori, come se mi conoscesse da sempre, avvicinando il suo viso al mio viso e i suoi occhi ai miei occhi…
I suoi occhi verdi e brillanti come le savane in primavera …

"Benvenuto John, vieni, la sera ci aspetta"
Gli avevo detto, afferrando al volo la sua mano.

Roma, 30 Novembre 2022